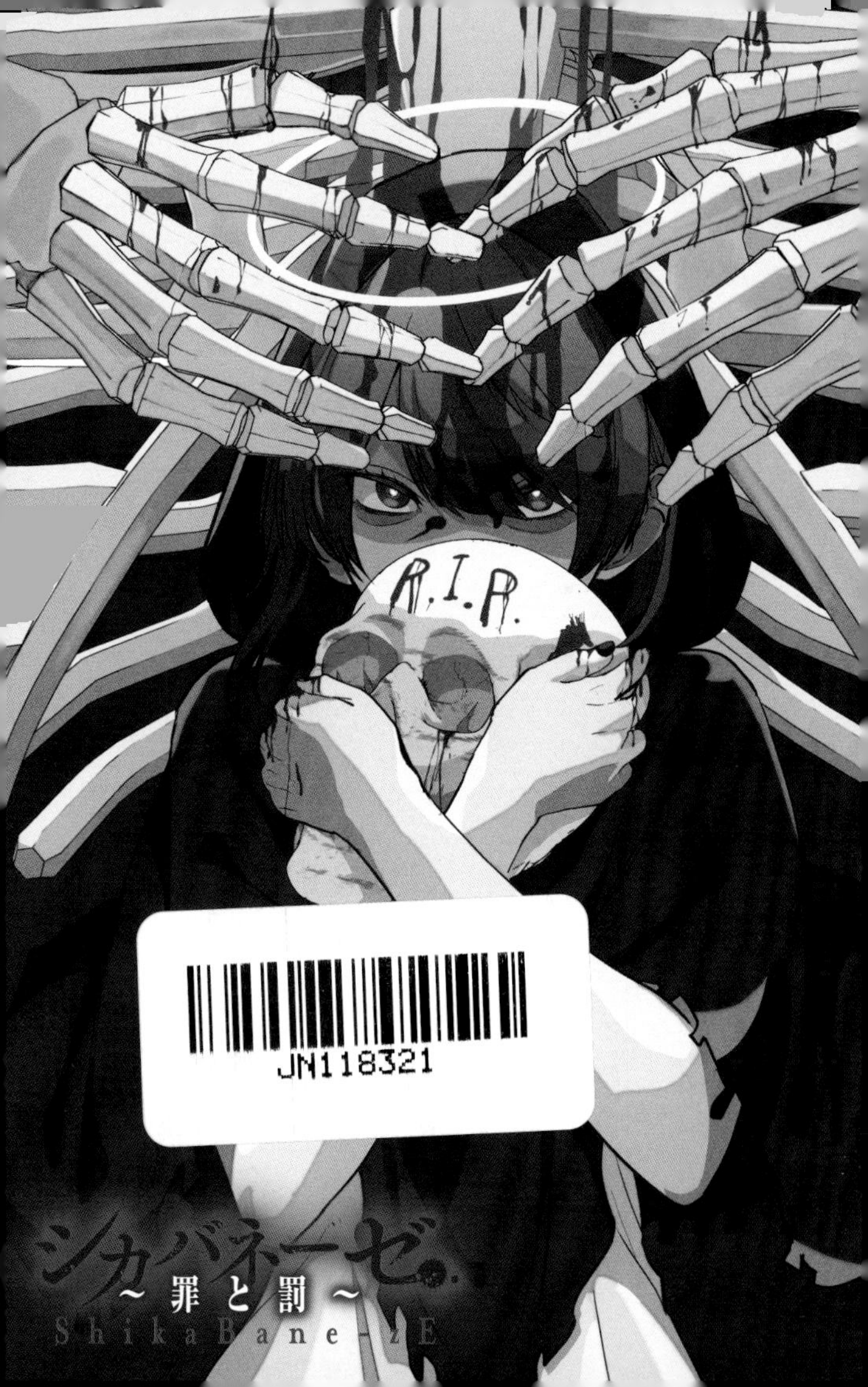
R.I.P.
シカバネーゼ。
～罪と罰～
ShikaBane-zE

奥城 睦美
【おくしろ むつみ】
盛土 創
【もりど はじめ】
納堂 二葉
【のうどう ふたば】
君塚 瑛人
【きみづか えいと】
Finally, smile and laugh at me again.
ChaRacTerS

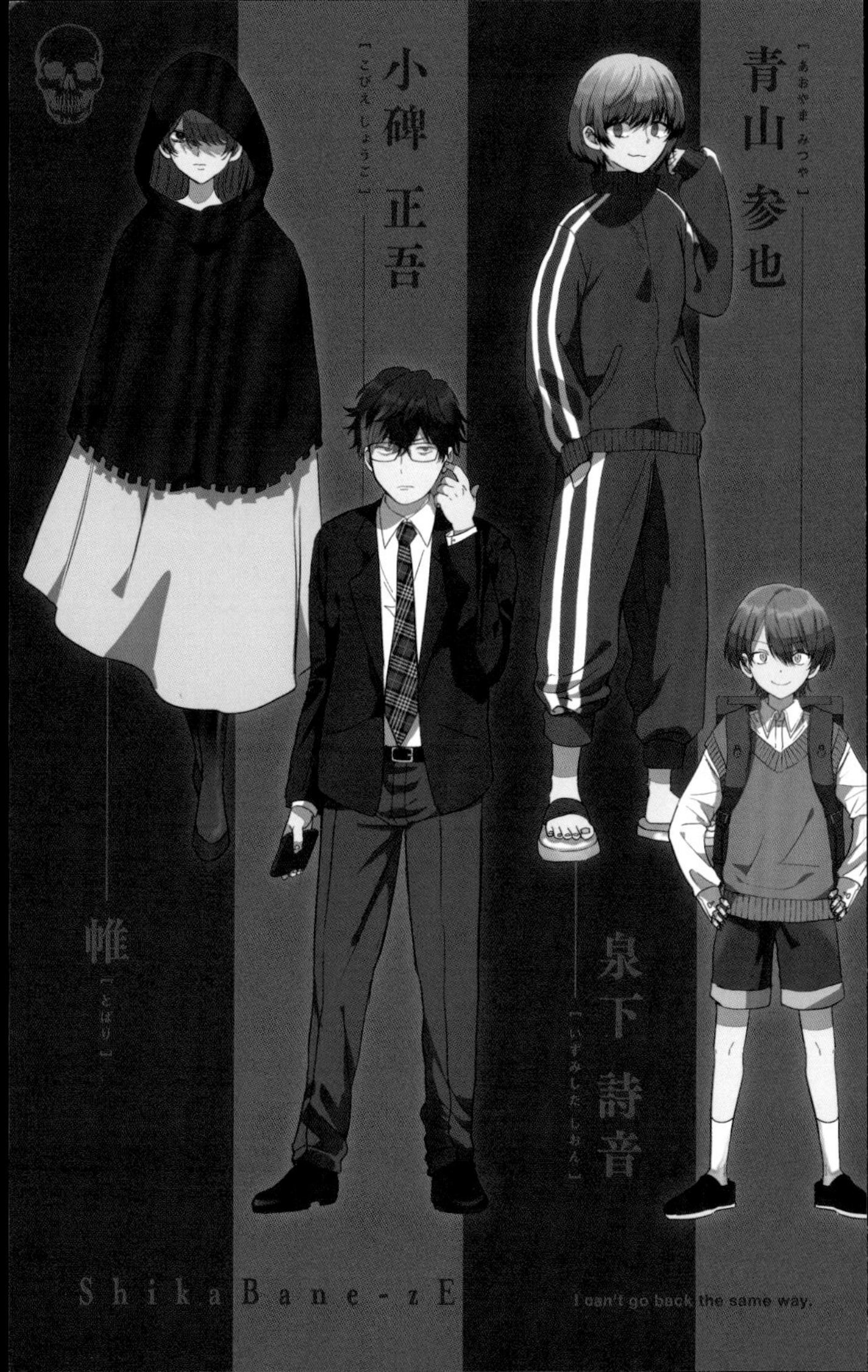

青山 参也
【あおやま みつや】
小碑 正吾
【こびえ しょうご】
泉下 詩音
【いずみした しおん】
帷
【とばり】
ShikaBane-zE
I can't go back the same way.

ShikaBane-zE

CONTENTS

Even after a thousand years,
it can't be healed.
I'll end up carrying this wound.
Hey, god.
Kill me, kill me, hey.
It's all my fault.

シカバネーゼ
～罪と罰～

[著]
百舌涼一

[イラスト]
頼間リヨ

[原案・監修]
jon-YAKITORY

[原案協力]
貫徹

HOWL Novels

Published by ICHIJINSHA

ShikaBane-zE

まえがき

お手に取っていただきありがとうございます。jon-YAKITORYです。
皆様のおかげで『シカバネーゼ』がノベライズされました。

『シカバネーゼ』という曲を作った当初は、ここまで展開されるなんて思ってもみませんでした。
何年も再生数がたいして伸びないしがないボカロPだった僕が、ギリギリの中で書いた曲であり、それが結果的にいろんなところに連れていってくれているのはなんだか皮肉ですね。

本物語は、コミカライズ版の『シカバネーゼ』を元に制作されたものです。
ですが漫画とも楽曲ともまた違った作品となっていて、この小説で初めて『シカバネーゼ』に触れる人でも十分楽しめる作品になっています。

本書を楽しんだ後に漫画版や楽曲のほうもぜひ楽しんでいただけると嬉しいです！

本書の発売のためにご尽力いただいた全ての方々に感謝いたします。そしてこの曲をここまで連れていってくれた、かゆかさん、藍瀬まなみさん、Adoさん、楽曲を聴いてくれた全ての方々にお礼申し上げます。

Even after a thousand years, it can't be healed.
I'll end up carrying this wound.
Hey, god. Kill me, kill me, hey. It's all my fault.

「ゆびきりげんまん、うそついたら……」

突然の逮捕

I can't go
back the same way.
Finally, smile
and laugh at me again.

「うそついたら……？」

目を覚ましたオレは、上半身を起こし、そうつぶやいた。

首元にじっとりとねばつくような嫌な汗。喉はからからに渇いている。怖い夢を見たときによくなるやつだ。

しかし、どんな悪夢だったのか、うまく思い出せない。

「うそついたら……？」

もう一度口に出してみる。普通だったら「ハリセンボン飲ます」だが、なぜかそんな常套句《じょうとうく》ではなかったような気がする。

「なんだろ？　モヤモヤするな」

スッキリしない理由はそれだけではない。その「うそついたら」と言った人物の顔も思い出せないのだ。よく知っている人間のようでもあり、まったく知らない人間のようでもあり。

オレは寝汗でぐっしょりとなったTシャツを脱ぎ、適当に放り投げた。テーブルに置きっぱなしにしていた飲みかけのペットボトルに当たる。蓋の閉め方が甘かったようだ。倒れたペットボトルから、気の抜けたコーラがこぼれる。

「あーあーあー」

上半身裸のまま、散らかった部屋の中から、コーラを拭くティッシュを探していたそのときだった。

「ピンポーン」

階下でチャイムが鳴る。宅配便だろうか。平日のこの時間に、家にひとがいることのほうが少ないだろう。非常識だなと思った。

「いや、非常識なのはオレか」

すぐさま思い返して自嘲する。

「ピンポーンピンポーン」

二度目のチャイム。すぐに諦めるタイプの配達員ではなさそうだ。しかし、オレはいま半裸。玄関に出ていくことはできないし、出ていくつもりもなかった。

「ピンポーンピンポーンピンポーン」

どうやら、しつこいタイプのようだ。ただ、残念ながら、オレはこれまで配達員から直接荷物を受け取ったことなどない。

「あ、でも、ユーバー・イーツは別か」

この間、家の冷蔵庫に何も食べるものがなくて思わず「出前」を頼んでしまったことを思い出す。

同時に変な心配が頭に浮かぶ。この配達員が「ユーバー・イーツ」だとしたら、うちが頼んだものでないことは確かだ。となると、別の家と間違えていることに。頼んだ本人はアツアツのチャーシュー丼やしこしこ麺のうどんを楽しみに待っているかもしれない。オレがこのまま居留守を続け、配達員が諦めなければ、そのひとの楽しみは大きな落胆に変わるだろう。

「それは、申し訳ないな」

床に落ちていた別のTシャツを拾って、臭《にお》いをかぐ。

「うん、まだ大丈夫かな」

何がどう大丈夫なのかはこの際おいておこう。よれよれのTシャツを着て、その上にパーカーを羽織ると、階段を慎重に降りていった。

この家に引っ越してきてもう半年。なのに、いまだ家に階段がある生活に慣れない。万一、滑ってこけて気絶したら、夜まで誰もオレに気づいてくれないだろうという恐怖もあって、なおさらオレは恐る恐る階段を降りる。

「ピンポンピンポンピンポンピンポンピンポーン！」

しつこいどころか、悪ふざけするタイプの配達員らしい。階段をそろりそろりと降りている最中も急《せ》かすようにチャイムが鳴る。

「はいはい。いま、行きますって」

やっとのことで階段を降りると、オレは玄関を開けた。

「デリバリーなら、うちじゃないですよ」

そう言って、顔を上げると、そこによく見る「ユーバー・イーツ」のロゴ入りバッグを背負った配達員はいなかった。

代わりに、顔色の悪い、そして、顔色よりももっとくすんだグレースーツを着たふたり組が立っていた。

「け、け、警察です」

手前に立っている男が言った。

「警察⁉」

どこかで事件でもあったのだろうか。それにしては、パトカーのサイレンの音も、やじうまが騒ぐ声も聞こえなかったけど。

「何かあったんですか？」

警察を名乗るふたりにたずねた。制服を着ていないから刑事だろうか。しかし、ふたりとも、なぜか俯《うつむ》いていて、オレと目を合わせようとしない。

「け、け、け、警察です」

「はい。それはさっき聞きましたけど？」

本当に警察だろうか、と疑いの眼差《まなざ》しを向けたのがよくなかったのだろうか、後ろのほうに立っていた男がぐわっと手を伸ばしてきて、ドアノブを持っていたオレの腕を掴《つか》んだ。

「え!?　あ、ご、ごめんなさい！　すみません！」

手を出されるとつい謝ってしまうのは、オレの悪い癖のひとつだ。自分が悪いわけじゃないのに。

「き、き、君塚《きみづか》、え、え、瑛人《えいと》だな」

「は、はい、そうですけど」

手を掴まれて完全にビビってしまっていたオレは正直にそう答えてしまった。

「た、た、逮捕する」

後方の刑事が手前の刑事と同じようにたどたどしくそう発した。ふたりとも話すのが得意ではなさそうな印象を受ける。が、いまはそんなことを考えている場合ではない。

「逮捕!?　なんでオレが？」

ここ最近のことを思い出してみる。外に出たことといえば、コンビニくらいか。そこで何か盗《と》ったりしたっけ。いや、してない。雑誌の立ち読みくらいはしたかもしれないが、それだけで警察が来たりはしないはずだ。

「た、た、た、逮捕する」

手前の刑事も同じことを言い出し、今度は左腕を掴んでくる。ドアノブに右手を、ドア枠に左手をかけて体重を支えていたオレは、両腕を掴まれたことで一気にバランスを崩した。

「おわっ⁉」

前のめりに倒れ込みそうになる。

「か、か、確保！」

「か、か、か、確保！」

ふたりの刑事が声を揃《そろ》えてオレの体を支える。いや、支えるなんて優しい対応ではない。がっしりと身体《からだ》を掴まれ、オレは身動きがとれなかった。

（なんて力だよ。それに、腕とか食い込んですげえ、痛《いて》え）

ふたりとも服の上からでもわかるくらいひょろひょろな感じだったのに、オレを押さえ込む力はまるでプロレスラーのようだ。

（プロレスラーに会ったことないけど）

ピンチになったときほど、余計なことを考えてしまうのは、オレの悪い癖のふたつ目だ。他にもたくさん悪癖はあるけど。

そんなことを考えていると、家の前に停めてあったパトカーにオレは押し込まれてしまった。

「ちょ、ちょっと、待ってくださいって！　オレ、何もしてないって！」

必死に抵抗するも、ふたりの刑事は無視。いや、オレの存在などそもそも視界に入ってなさそうだ。

「そうだ！　靴！　せめて靴を履かせてくださいよ」

さっきよりもさらに大きな声を張りあげるも、ふたりは反応すらしない。オレの声など耳に届いていないかのような態度だ。

「め、め、目隠し」

「み、み、耳も塞げ」

パトカーの後部座席に乱暴に押し込まれると、ふたりがかりで「アイマスク」と「ヘッドホン」をつけられた。

「いや、何これ？　ドッキリ!?」

バラエティ番組とかで芸人がどこかに連れていかれるときのようだ。いや、いまそんな呑気《のんき》なことを考えている場合じゃない。オレは慌てて、アイマスクを外そうとした。

「ガチャリ！」

その瞬間、オレの手首に冷たくて重い「何か」が掛けられた。おそらくオレが人生で一度も触れたことがないもの。でも、それが何か、なぜか直感的にわかってしまった。

（手錠だ……）

犯人がつけられるアレ。ドラマやアニメ以外だと、布なんかで隠されてニュースされるアレ。そんなアレが、オレの両手に。

手錠の冷たい感触が手首から全身に伝わっていく。同時にオレの体温も冷めていくのを感じる。

（ああ、これが血の気がひくってやつか）

もうオレは抵抗するのを諦めていた。刑事が家にやってきて、パトカーに押し込められて、手錠まで掛けられてしまった。完全に犯罪者の扱いだ。

（刑務所、あ、まずは留置所だっけ？　差し入れ、何頼もう）

オレはどうでもいいことを考えていた。思えば、これを「現実逃避」というのだろう。現実と向き合わないといけないとき、オレはついついそこから目を背けてしまう。

（本当に、悪い癖だよ、ほんと）

ため息が漏れる。

ただ、オレはこのとき知らなかったのだ。このパトカーに乗せられてしまったことが、「現実逃避」なんて言葉の「あや」ではなくて、本当に「現実」から引き離されてしまったということに。

パトカーから降ろされたとき、オレの目の前には「非現実」な世界が広がっていた。

「な、な、な、なんだ、こ、こ、こ、ここは⁉」

オレを連れてきた刑事たちのように、オレの言葉は口からうまく出てこなかった。

目の前の光景にあまりの衝撃を受けていたからだ。

「空が赤？　いや、紫？」

今日も遅く起きたとはいえ、まだ昼前だったはずだ。パトカーにもそこまで長い時間乗っていた記憶もなければ、車中で気を失ったわけでもない。

なのに突然パトカーが停まったかと思うと、引きずり降ろされるように車から出された。そのときにアイマスクだけ外されたので、視覚だけは取り戻すことができた。

ただ、その視界に飛び込んできたのは、異質で異様な世界。

赤紫色の空。枯れ木ばかりの山。地面はカラカラに乾いてひび割れているところもあれば、ドロドロに湿っている箇所もあり、歩くのに苦労しそうだ。空気自体には不快な湿り気があり、霧のような「もや」が漂っている。

I can't go
back the same wa
Finally, smile
and laugh at me aga

「まるで地獄だな……」

地獄。つい、そんな単語が口からこぼれてしまうほど、目の前に広がる世界はおどろおどろしいものだった。

「ここ、どこなんですか？」

思い出したようにオレはパトカーのほうを見て叫ぶ。ヘッドホンはつけられたまま。そのせいで自分の声もよく聞こえない。思ったより大声になってしまった。ふたりの刑事の怒りを買わなければよいが。

しかし、そんな心配は無用だった。

「え⁉　いない？」

パトカーの運転席にも助手席にも、もちろん、オレがさっきまで詰め込まれていた後部座席にも誰もいなかった。

「うそだろ、おい！」

オレは焦《あせ》ってまわりをぐるりと見回す。

そこには枯れた樹がまばらにただ立っているだけ。林でも森でもないここでは、どこにも隠れようがない。

「おーい、誰かー！」

力いっぱい叫んでみる。返事はない。「びゅふうぅう」と生暖かい風が頬をなでただけ。

「マジかよ。こんな気味が悪いとこに置き去りなんて」

とりあえずパトカーが来たであろう方向に戻ろう。ドロッと湿った地面に、タイヤの跡が残っている。

「痛《い》っつ！」

足の裏に激痛が走る。湿ったところを避けて歩いていたら、乾いた土の中から飛び出た岩を踏んでしまったのだ。

「靴履いてなかったんだった」

いまさらそんなことを思い出す。靴下にじわりと血がにじむのを感じた。そして、この痛みでオレはもうひとつの事実を実感する。

「夢じゃ……ないんだな、やっぱ」

実はまだ部屋のベッドで寝ている。それが最後の希望だったが、この痛みは間違いなく現実のものだ。

途方にくれて、地面に膝《ひざ》をついた。

「くそっ、オレが何したっていうんだよ！」

いまだ捕まった理由に心当たりはない。「誤認逮捕」「冤罪《えんざい》」。そんなニュースやドラマでしか耳にしたことがないワードが頭をめぐる。

「知りたいですか？」

耳元で声がした。女の子の声だ。オレは慌てて顔を上げ、まわりを見回す。誰もいない。

「知りたいですか？」

もう一度同じ質問。ここでオレはその声が、ヘッドホンから聞こえることに気づいた。

「知りたいよ！　なんでオレがこんな目に遭ってるかをな！」

立ちあがって叫んだ。ヘッドホンの相手に自分の声が届くはずはない。それでも叫ばずにはいられなかった。

「ならば、進みなさい」

「え？　オレの声、聞こえてんの？」

まさかの意思疎通。姿の見えない相手とコミュニケーションが取れたことに驚いていた。

「進めってどっちに？」

オレはヘッドホンの声に向かってたずねた。

「道を進みなさい」

「道なんて、どこに……、ってあれ？」

さっきまで気づかなかったが、パトカーのフロント側の少し先に、アスファルトで舗装された道路があった。

「道ってこれのこと？」

「さあ、進みなさい」

ヘッドホンの声は、丁寧《ていねい》だが、冷たい印象だった。感情がないロボットのような。でも、合成音声ではなさそうだ。ボイスチェンジャーを使っているようでもない。

「進んだ先に、何があんの？」

返事はない。オレは仕方なく道路を進むことにした。

「痛《い》てっ」

舗装されているとはいえ、その道路はとても古く、何年も整備されていないようだった。ところどころ歪《ゆが》んだり、波打ったりしている。アスファルトが砕けているところもあれば、それが小石となって散乱しているところもあった。

「靴なしにはきついんだよな」

愚痴をこぼしながらも道を進んでいくと、やがて開けた場所に着いた。

しかし、開けていると言っても、四方は枯れ木の山に囲まれていて、平らな部分が少しだけ広がっているという感じだ。

「盆地ってやつ？」

地理で習ったことのある言葉を口にする。独《ひと》り言《ごと》のつもりだった。

「そうです」

ヘッドホンの声が答えてくれた。案外律儀なところがあるのかもしれない。いったい、この声の主は何者なのだろうか。

「あんた誰なの？」

「私は『帷《とばり》』。この世界の管理者です」

「帷」。珍しい名前だが、記憶にない。「管理者」というのも意味がわからない。

「あと少しです」

代わりに「まだ進め」という意図の言葉が返ってきた。

オレは歩き続けた。ケガしたところは血が止まったようだ。

「ここは……」

道が途切れた。そこには高さ二メートルくらいの塀に囲まれた「住宅地」が現れた。なぜ、そこが「住宅地」だとわかったか。それは、塀の上にいくつか屋根が飛び出ていたから。そして、オレはこの場所を過去に見たことがある気がしたから。

「セブンズハウス……？」

そう。ここは、オレの記憶に残る「セブンズハウス」によく似ていたのだ。オレの地元で有名な「ホラースポット」に。

そこは、七棟だけで構成された住宅地。西に三棟、東に三棟。そしていちばん奥の南に一棟。

この南の一棟で、自殺者が出た。その家のひとり「息子」だ。そのことで半狂乱になってしまった母親が他の六棟の住民を皆殺しにした……という噂《うわさ》がある場所だった。

そして、地元で有名なホラースポットということ以外にも、オレの記憶に「セブンズハウス」は強く刻まれていた。

ふと気づく。

「まさか、オレが逮捕された理由って……」

いや、そんなわけない。すぐに思いついた考えを打ち消した。そんなわけない。そんなわけない。心の中で呪文のように繰り返す。そんなわけない。そんなわけない。そんなわけ……。

「門を開けてください」

ヘッドホンから声がして、ハッと我に返る。顔を上げると、確かに、高い塀の真ん中に頑丈そうな鉄製の「門」がある。その門の脇には【ヘヴンズハウス】と刻まれたプレートが掲げられていた。

「ここが『天国』だって？」

ジョークだとしても、ブラックがつきそうな冗談だ。ちっとも笑えない、と思いながら、オレはゆっくりと門を押した。

「ぎ、ぎぎぎぃー」

錆《さ》びついた音があたりに響く。扉が重いので、ひとひとりが通れるくらい開けたら、その隙間からするりと半身になって中に入った。

西に三棟、東に三棟。そしていちばん奥の南に一棟。

「マジで、セブンズハウスといっしょだ」

建っている家こそ、オレの記憶の中のものと少し違っていたが、配置はそっくりそのままだった。

「いや、こういう造りの住宅地って結構流行《はや》ってんのかも」

動揺を抑え込むため、オレは敢《あ》えて思ったことを口に出してみた。

「ヘッドホンを外してください」

耳元でそう指示が出る。しかし、このヘッドホンを外してしまったら、このあと、どうやってこの帷と名乗る少女から情報を得ればいいのだろうか。

「今後はここから、みなさんにお話しします」

その声はヘッドホンからではなかった。声のするほうを見ると、住宅地の真ん中に、小さな公園があった。シーソーがひとつとブランコがふたつの本当に小さな公園。そのさらに真ん中には、三メートルくらいの棒が立ち、先端に時計、そのさらに上にス

ピーカーがふたつついていた。

どうやら、声はそのスピーカーから響いているようだ。

オレは公園のほうに向かった。すると、そこにひとがいることに気づく。

ひとり、ふたりではない。全部で六人。そして、よく見ると、みなオレと同じように手錠を掛けられていた。

「なに、まだいんの？」

上下ジャージのいかにも柄《がら》の悪そうな茶髪の女子が、舌打ちしながらオレのほうを見た。

同時に他の五人もオレのほうを見る。

オレと同じ歳《とし》くらいのメガネ。体格はオレの倍くらいある。横に、だけれど。

ツインテールのいかにもなギャルもいた。髪の色が鮮やかすぎて目に痛い。

中学生だろうか。みんなすでにヘッドホンは外しているのに、ひとりつけたままだ。

モデル体型の美人。どこか近寄りがたい雰囲気がある。

そして、まさかの小学生。なぜ小学生が手錠なんてつけられてるんだ。

歳も性別もバラバラ。少なくとも、オレは誰の顔も知らない。おそらく向こうもオレとは初対面だろう。そんな顔をしている。

「これで全員揃《そろ》いました」

スピーカーから帷の声がする。オレのほうを見ていた六人の視線が一斉にスピーカーに向く。

「ちょっと、なんだよ、これ？　うち、コンビニ行く途中だったのによ〜」

ジャージの女子がスピーカーに向かって怒鳴り散らしている。見た目通りのキャラだ。

「私も、午後から撮影が入ってるんだけど」

モデル体型の女子が髪をいじりながらぼやいている。「撮影」ということは本当にモデルか何かをしているのかもしれない。していても不思議ではない容姿をしている。

「ここ、ワイファイ飛んでる？」

ヘッドホンの中学生が、リュックからゲーム機を取り出して、宙でふりふりと振っている。

「それなー。電波あれば、ソッコー写真あげたのに」

ギャルがスマホでパシャパシャ自撮りをしている。手錠を掛けたままで、器用なものだ。

「こんな状況で、何言ってんだよ。だから陽キャ能天気は嫌なんだ」

メガネの男子が、ぶつぶつとギャルに向かって文句を言っている。それも、逆方向を向いて、聞こえないように。

「ねえ、おねえさん。なんでボクたちここに連れてこられたの？」

ひとりまともな質問をスピーカーにぶつけたのは、小学生の男の子。いちばん冷静かもしれない。

スピーカーはしばし沈黙した。答えられないというよりは、大事なことを言うために「間」を溜《た》めているという感じだった。

「あなたたちは、罪人です」

丁寧に、冷静に、それでいて断定的に、帷は言い放った。

「は？　罪人？　うちらが？　んなわけねーだろ！」

ジャージ女子の反論にみなが頷《うなず》いた。

「無罪になりたければ『ゲーム』に参加しなければなりません」

帷はオレたちが「罪人」という前提のまま話を進める。

「はあ！　だから罪人じゃねーってんだろうがよ！　ざけんな！」

普段は不良やヤンキーの類は苦手なオレだが、こういうときは頼りになる。いけ、どんどんいけ、と心の中でジャージ女子を応援していた。

「参加しなければ地獄行きですよ」

スピーカーから聞こえた帷の声は、まるで声自体に何かしらの冷却効果があるのではないかと思われるほど、ヒヤリとするものだった。首筋に鳥肌が立つのがわかる。

「地獄って、マジうけんだけど」

ギャルがひとりケタケタ笑っている。どういう神経をしてるんだろうか。

「ごぐるぁぁあああああ」

突然、空から獣の雄叫《おたけ》びのようなものが聞こえた。オレたちは空を見上げる。

「何あれ!?」

誰かが叫んだ。それも当然だ。空が「裂けて」いるのだ。ありえない。しかし、確かに、目の前で空にナイフで切ったような裂け目ができていた。雄叫びはそこから聞こえてきている。

「何か落ちてくるぞ！」

メガネ男子が気づいた直後、公園の真ん中に「どさどさ」と鈍い音を立てて何かが落ちてきた。

「ひえぇぇぇ!!」

メガネ男子が悲鳴をあげる。いや、彼だけじゃない。その場にいた全員が悲鳴に似た叫び声をあげた。

落ちてきたのは、人間の腕や足。そして、おそらくこれもひとのものであろう内臓の肉片だった。

どれもまだ湯気を立てており、熱を帯びていることがわかる。離れていても感じる血の臭い。喉の奥から酸っぱいものがせりあがってくるのを感じる。オレは慌てて口を手で押さえ、必死で吐きそうなのを我慢した。

「ぎぎぎぎぎぃい」

オレが入ったあとに閉めておいたはずの門が再び開いた。そして、そこからオレを連れてきたふたりの刑事が入ってきた。無言でこちらに歩み寄ってくる。

「あ、た、助けてください。オレたち変なところに来ちゃって。逮捕されたのだって、きっと何かの間違いで……」

そう言って、刑事に助けを求めるが、ふたりはまるでオレのことなど見えてないかのように素通りした。

まっすぐふたりは落ちてきた肉片のほうに向かい、それらを手早く拾うと、回れ右をして再び来た道を戻っていく。

「ちょっと、助けてくんないの？」

ギャルが刑事のひとりの袖を強く掴んだ。そこまで強く引っ張ったように見えなかったが、スーツの袖がびりりと破れる。

「げえっ⁉」

ギャルが変な声をあげている。それもそのはず。破れた袖から覗《のぞ》いていたのは、骨だけの腕。そして、骨だけなのに、その腕は動いていた。

「そのひとたちは『屍《しかばね》』。地獄の住人です」

スピーカーから帷の声がする。

「シカバネ……？」

耳で聞いただけではすぐさま漢字が浮かんでこない。オレにはそれが未知の英単語のように思えた。

「あなたたちも、ああなりたくなければ、ゲームに参加して無罪になることですね」

そう言う帷に、もう誰も反論しなかった。強気だったジャージ女子もだ。

そのくらいこの一瞬で起きた出来事が衝撃的すぎた。

わかったことがふたつ。

ひとつは、ここはオレたちが暮らしていた「現実」ではないこと。

もうひとつは、ここは帷の言う「地獄」でもないということ。

では、ここはいったいどこなのか。その質問に、帷は答えてはくれなかった。

「これから始まるゲームの名前は『罪セブン』。七つの罪を暴《あば》き合うゲームです」

沈着冷静な司会者のように、淡々とゲームを進行しようとしている。

「最初の罪は『強欲』です」

誰も反論はしない。しかし、誰も納得したわけではない。だけど、地獄行きになるかもしれない恐ろしいゲーム「罪セブン」は、容赦なくスタートされてしまっていた。

オレたちは、いや、オレは、このゲームで無罪になれるのだろうか……。

ShikaBane-zE

ゲームのルール

I can't go
back the same w
Finally, smile
and laugh at me ag

「ここって……」

オレは、七つの棟のひとつに入って言葉を失っていた。

＊

「ルールを説明します」

動揺を隠せない七人を置き去りに、帷《とばり》は淡々とルール説明を始めた。

「一日ひとつ、罪を特定してもらいます」

その最初のひとつがさきほど発表された「強欲」というわけだ。

「その罪を犯したと思われる人物を全員で『議論』して決めてください」

なんだか「人狼ゲーム」に似ている。オレはさほど詳しくないゲームの名前を思い出していた。

「正午から日没までに『被告人』を『多数決』で決めてください」

その瞬間、公園の時計がまだ八時を指していることに気がついてぎょっとした。

確かオレは昼近くまでは寝ていたはずだ。それが、八時。そして、帷の言うルールに準じるなら、朝の八時だ。

時間が進んだのか、巻き戻ったのか。どちらにせよ、時間の流れも現実世界とは異なるものであることがわかった。

「安心してください。この世界でも一日は二十四時間です」

こちらの不安を察したのか、帷が付け加える。

「続けます。日没後、『被告人』の家に全員で集まり、『罪』の『証拠』あるいは『ヒント』を探してください」

オレたちは顔を見合わせた。「家?」という顔をみながしている。ここにある家は七棟。オレたちは七人。なんとなく察しはつくが、帷の説明の続きを待った。

「真夜中の二十四時までに『証拠』を見つけられれば『被告人』以外の勝ち」

「もし見つけられなかったら?」

小学生の男の子が質問した。

「時間までに見つけられなかったら、『被告人』の勝ち。『推定無罪』となります」

「推定」ということは、その時点で無罪確定というわけではないらしい。ゲームすべてが終わるまでは解放されないということだろうか。

「ゲームは七日間行われます」

つまり、七日間「罪」がバレなければ逃げ切れるということだ。

「ただし、七日が経《た》った時点で、ふたり以上が残っている場合は、全員地獄行きとなります」

「なんだよ、それ！」

メガネ男子が文句の声をあげる。当然だ。初日に「被告人」になったら圧倒的に不利だし、「推定無罪」になっても七日目の時点で最後のひとりとして生き残ってなければならない。このゲームのルールはあまりに理不尽すぎる。

「以上です」

帷はオレたちの不満を受け付けてはくれなかった。強引にルール説明を終える。

「それではみなさん、自分の家に入ってください」

スピーカーから響く帷の指示。やはり「ヘヴンズハウス」の七つの家はオレたち七人それぞれにあてがわれているようだ。

「どれが自分の家か、どうやってわかるんだよ？」

「表札を見ればわかります」

オレの質問に帷は即座に答えた。

「ありえない」とはもう誰も言わなかった。空の裂け目から降ってきた肉片や、骨だけなのに動く「屍《しかばね》」という存在を目の当たりにしてしまったいま、この世界が「なんでもあり」なことをみなが実感していた。

【君塚】

西側三棟の内、門にいちばん近い家にオレの名前の表札が掛けられていた。ここに入れということだろう。他の六人もそれぞれ自分の家を見つけたようだ。

「あれ？　開かないぞ」

ドアノブを回すも、鍵がかかっている。どういうことだと思っていると背後で帷の声。

「その鍵は家主だけが開けることができます」

そう言われても、現実世界の家の鍵など持ってきていない。そして、このドアの鍵穴は不思議なカタチをしていた。ちょうど、オレの人差し指の太さくらいの穴がドアノブの上にぽかりと空いている。

「ま、まさかな……」

恐る恐るその穴にオレは指を突き刺した。ぴったりはまる。

指を右に回す。

「ガチャリ」

鍵が開く音がする。

「ウソだろ」

ドアノブが今度はするりと回転した。

オレはドアを開けて家の中に入った。

＊

「ここは……、前の家……？」

そう。ここは、オレが刑事に連行されるまで寝ていた家ではなく、引っ越す前、小中時代を過ごした頃の家だった。

「……懐かしい」

自然と口からこぼれていた。かあさんとふたりで過ごした小さなアパート。

部屋に上がる。そこは台所。ふたり分の食器が乾かしてあるシンクも、ふたりがけのダイニングテーブルも懐かしい。

奥へ進む。六畳くらいのリビング。というか「居間」って感じ。

壁に貼ってある絵は、オレが小学校低学年の頃に書いた母の日の絵だ。「恥ずかしいからはがしてくれ」と何度言ってもかあさんはその絵を貼り続けていたっけ。

テーブルの上にテレビのリモコンがあった。思わず手に取って電源を入れてみる。

昔から、学校から帰るとすぐテレビを点《つ》けるのが癖だった。

「ま、点くわけないか」

テレビのランプが赤から緑に変わったけれど、画面には何も映らなかった。むしろ映らなくてよかったと後から思う。地獄の様子なんかが映ってしまったら、今度こそ我慢しきれず吐いてしまうかもしれなかった。

リモコンを置こうとして、床に落としてしまった。理由はわかっている。この手錠のせいだ。両手の可動域を制限されるというのはこんなにも不便なんだということを初めて知った。

「なんとか外せないかな」

改めて手錠をよく観察してみる。

「あ！」

そこには、右手と左手でそれぞれに鍵穴があった。しかも、ついさきほど見たばかりのものとカタチも大きさもそっくりの。

「玄関といっしょなのか!?」

手首を捻《ひね》って、右の人差し指を左手の鍵穴に差し込んでみる。

「当たりだ！」

すっぽりとオレの人差し指が入った。右に回してみる。

「ガチャリ」

左手の手錠が外れた。右手も同じように解錠する。

「ふう、やっと両手が自由に使える」

オレは、意味もなく両腕をぶんぶんと振り回した。二度と手錠なんてごめんだ。

「わが家」の探索は続く。

リビングの右奥。オレの部屋だ。元はかあさんの部屋だったが、オレが小学校高学年になる頃、オレの部屋になった。

引き戸を開けて、中に入ってみる。

『あの頃』のままだ……」

自分で「あの頃」と口にした瞬間、ぶわっと記憶が蘇《よみがえ》る。まるで、これまでずっと沼の底に沈んでいたものが、何かの拍子に水面に浮きあがってきたかのように。

「この家にも何度も来てたっけ」

「あの頃」、オレには幼い頃からずっといっしょだった幼馴染《おさななじみ》の女の子がいた。彼女もオレと同じで母ひとり子ひとりの家庭で、それもあってかよくいっしょに遊んだ。どこに行くにもいっしょで、ふたりの母親が帰ってくる夜まで過ごすことも珍しくなかった。

オレの指がズキンと痛んだ。鍵穴に突っ込んだ人差し指ではない。右手の小指。付け根のあたりがズキズキと痛む。

——瑛人《えいと》は絶対幸せになってね。約束だよ。

幼馴染の声が頭の中に響く。「おまえもな」とオレは返した気がする。

――ゆびきりげんまん、うそついたら……え〜と、どうしようっか？

オレは確かそのとき「ハリセンボン飲むんじゃねーの？」とか、答えたはずだった。

しかし、幼馴染はそれじゃつまらないと言って、別の条件を提示してきた。でも、そ
でも、それがなんだったのか、思い出せない。

「まもなく正午です。みなさん、罪の証拠は隠せましたか？」

外から帷の声がする。もうそんな時間か、と部屋にあったデジタル時計を見る。

【11:52】と表示されている。のんびり思い出に浸っていたら、自分の罪がなんなのかも、その証拠がなんなのかもわからないままあっという間に時間が経ってしまっていたようだ。

オレは慌てて部屋を出た。

「ん？　なんだこれ？」

台所の床の隅に変な扉があった。「本当の」家のほうにはなかったはずだ。

気になる。しかし、いまは調べている時間はない。急いで玄関に向かった。

そこには靴があって、なぜかいまのオレのサイズにぴったりだった。もう足の裏を怪我《けが》するのはこりごりだ。靴を履いてオレは家を出た。

「懐かしの『わが家』はいかがでしたか？」

帷はまるで七人すべての家の中を知っているかのように言った。もしかしたら、他

の六人も「いま」住んでいる家ではなく、何か「罪」を犯したかもしれない頃住んでいた家だったのだろうか。

そんなことを考えながら、再び公園に集まったメンバーの顔を眺める。みな、オレが思ったほど、動揺していなかった。自分の罪を暴《あば》かれるかもしれないというのに、意外に落ち着いている。

「あの、いいですか？」

最初に口を開いたのは小学生の男の子だ。

「スピーカーのおねえさんが言う『ゲーム』を始めるにしても、まずはお互いの自己紹介をしませんか？　名前がわからないと呼び合うのも難しいですし」

驚くほど冷静でしっかりした意見。本当に小学生かと思ってしまう。しかし、確かにその通りだ。誰もその意見に反論はない。

「僕は、青山参也《あおやまみつや》。慶愛学園小等部の六年生です」

慶愛は、オレでも知ってる超有名エリート校だ。よく見れば着ている服も慶愛の制服だ。参也がしっかりしているのも納得だった。

「じゃあ、次あーしね。納堂二葉《のうどうふたば》。十八歳。ピンスタグラマーやってます。フォロー、よろっ！」

ギャルの自己紹介は、やっぱりギャルだった。そのテンションの高さについていけない。しかし、二葉のギャル流挨拶《あいさつ》が場の空気を軽くしたのか、その後は時計回りに次々とみなが自己紹介をしていく。

「泉下詩音《いずみしたしおん》。十六。なめられんのマジ勘弁なんで」

ジャージ女子の詩音がみなをぎろりと睨《ね》めまわす。オレは思わず目を逸《そ》らしてしまった。

「小碑正吾《こびえしょうご》。高校一年生……です」

メガネ男子が下を向いたまま自己紹介をした。陰キャだろうな。勝手ながらオレはそう決めつけていた。

「奥城睦美《おくしろむつみ》。年齢体重は非公開で」

「あーし、思い出したよ。あんた、ＪＫモデルのムツミンでしょ？」

どうやら本当にモデルだったようだ。睦美は否定はしない。本当のようだ。

「わー！　すごい。ガチモデル、マジ初めて見た。写真撮っていい？」

「嫌よ」

ギャルとモデルのやりとりをオレたちはただ眺めているだけだった。

「おにいさんは？」

参也に促されてオレも自己紹介をする。

「君塚瑛人《きみづかえいと》。高校……、いや、十七歳です。オレは自分の罪がなんなのか、わかんないです」

そうオレが言った瞬間、場がシンとなった。せっかく二葉が明るくしてくれた空気も一瞬で冷めてしまった。

「あ、いや、ごめん。まだ自己紹介の途中なのに……」

オレはすぐに失言に気づいてみなに謝罪した。

「最後は、おにいちゃんかな？　おーい、おにいちゃーん！」

参也がヘッドホンの中学生を大声で呼んだ。

「ん？　え？　何？」

どうやらずっとヘッドホンをつけたまま「スワッチ」でゲームをしていたようだ。電波はなくても、ゲームはできるらしい。

「自己紹介！」

二葉が、ピンク色の爪でヘッドホンの中学生を指差す。

「ああ。俺は盛土《もりど》創《はじめ》。中一っす。ゲーマーっす」

そうだろうな、と一同納得した。こんなことになっているのに、まだゲームができるその神経が信じられなかった。

「自己紹介も済んだみたいですし、さっそく『議論』に入ってもらっていいですか？」

待っていたかのようにスピーカーから声が流れる。この声の主はいったいどこでオレたちのことを見張っているのだろうか。

「はい、じゃあ、『強欲』さん、手ぇ挙げてー」

二葉がみなの顔を見回しながら言った。誰も手を挙げない。あたりまえだ。誰が自分から「罪人です」と名乗り出るもんか。

「はあ、じゃあやっぱ『議論』ってのをしなきゃ？　めんどくさ……」

二葉がそう言って、地面にそのまま腰を下ろし、あぐらをかいた。スカートが短すぎてパンツが見えてしまいそうだ。オレは思わず目を逸らした。

「何、見てんのさ？」

ぎくり。いや、見てない。見そうになったがすぐに目を逸らしたぞ、オレは。しかし、二葉の視線はオレではなく正吾のほうを向いていた。

「み、見てないよ、ボクは」

「うっそー。ガン見してたじゃん」

「見てないって！」

「別に怒ってないって。見たけりゃ見せてあげんよ、いくらでも」

二葉はスカートの裾を指でつまんでヒラヒラさせている。

「や、やめろって！」

「あはっ！　ムキになってんの、かーいー。あーし、アレだよ、『オタクに優しいギャル』ってやつ」

「ししし」と正吾に笑いかける二葉。

「お、オタクじゃねーし」

正吾はむすっとして、そっぽを向いてしまった。

「ねえ、時間もったいなくない？」

モデルの睦美がそうこぼした。改めて見ても、すごいスタイルだ。頭ちっちゃい。七頭身くらいあるんじゃないかと思う。

睦美に言われ、みなが「議論」を開始する。しかし、当然ながら、全員「自分じゃない」と主張して議論にすらならない。

いつの間にか時計の針が五時を指していた。時間がない。ただ、タイムオーバーになったらどうなるのかの説明はなかった。

「日没までに被告人を決められなかった場合は、その時点で全員ゲームオーバーです」

スピーカーからさらりととんでもない事実が告げられた。

「先に言えっての！」

詩音が怒鳴る。みなも激しく同意した。初めから知っていたら、もっと真剣に議論していた。

いや、でも、真剣に議論したからって、誰が被告人かなんて簡単に決められるものではない。自分は絶対になりたくないし、かといってひとに押し付けるのも気が引ける。

「ねえ、おにいちゃんの持ってるその『スワッチ』。限定モデルだよね」

参也がゲームに熱中している創にそう声をかけた。

「おお、よく気づいたな。ゲームショウだけで販売してた超レアカラーなんだぜ」

創が自慢げに「スワッチ」を掲げた。

「ゲームショーに行って買ったの？」

「んなわけねーだろ。ネットだよ、ネット」

どうやら創はネット上で転売されていた限定モデルを購入したらしい。

「でも、高かったんじゃない？」

「まあな。でも、俺、金持ってるし」

中学生が持っているお金なんてたかが知れてるだろとオレは思ったが、参也は素直に「すごーい」と驚いている。

「ねえ、他にもゲーム持ってるの？」

「ああ、さっき『家』に入ったら、ちゃんとゲーム機も置いてあったぜ」

「ねえ、それ、見せてもらってもいい？　僕んち、親が厳しくてゲームとかしたことないんだ」

参也の「おねだり」に、創は「いいぜ」と即答した。

「ついてこいよ」

「いいの？　やった！」

創と参也はそう言うと、公園を出て、東側三棟の門にいちばん近い家に向かって歩いていってしまった。

「ちょ、ちょっと」

オレは慌ててふたりを引き止めようとした。だって、もうすぐ六時になろうというのに、まだ議論は終わってないのだ。

「ねえ、これチャンスじゃない？」

睦美が言った。

「チャンス？」

「ほら？　ルール説明であったでしょ。日没後は被告人の『家』で罪の証拠を見つけるって」

そう言えば。でも、創が「強欲」の罪を犯したかどうかはわからない。多数決だってとれてない。

「あの中学生が被告人でいいと思うひと？」

睦美が、創のいないところで多数決をとろうとした。二葉と正吾と詩音が手を挙げた。オレはどうすればいいかわからなかった。

「あなたやあの小学生が反対だったとしても、これで四対三。決定ね」

睦美は冷静にそう言うと、創たちのあとを追った。二葉たちもそれに続く。オレは一瞬迷ったが、ひとり公園に残るのも心細く、みなを追いかけることにした。

「待ってくれよ〜」

情けない。まわりに合わせることもできなければ、自分の意見を主張することもできない。オレがため息をついた瞬間、あたりがふっと暗くなった。

「これが、この世界の日没か」

赤紫の空が、濃い紫へと変わっていく。オレはしばしその空を眺めていた。すると、塀の上で何か動くものがある。

「なんだ!?　あれ……」

「屍《しかばね》だ⁉」

　あの刑事たちのように骨が剥《む》き出しになった「屍」が塀を越えて、「ヘヴンズハウス」の敷地に入ってこようとしている。しかも、一体や二体じゃない。わらわらと二十を超える屍が塀をよじ登ってきている。

「言い忘れてましたが、屍の多くは夜行性で、夜は活発に動きます」

「だから、そういうのは先に言ってくれよ！」

　オレはスピーカーに向かって叫びながら、駆けだした。ここからいちばん近いのはさきほどみなが向かった創《はじめ》の家だ。

「なんで全員来るんだよ！」

「いいじゃん、あーしらにもゲームさせてよ～」

「はあ？　ギャルがゲームなんてすんのかよ？」

「ギャルなめんなし。ゲームくらいすっから」

玄関前で創と二葉《ふたば》が何やら言い争いをしている。まだ屍たちには気づいていないようだ。

「みんな！　はやく！　はやく家の中へ！」

オレは走りながら大声で叫んだ。

「何あれ⁉　なんかいっぱい来てる⁉」

詩音《しおん》が屍たちに気づいた。

「おらっ！　早く開けろ！」

創の胸ぐらを掴《つか》んで脅す詩音。いや、いまはそんなことするより、早く鍵を開けてもらわないとだろ。

「ぐ、ぐるじい」

案の定、創は鍵を開けるどころではない。

「ごめん、指借りるよ」

みんなのところまで辿《たど》り着いたオレは、創の右手人差し指を掴んで、鍵穴に差し込んだ。ガチャリと右に回す。

「開いた！」

全員でなだれこむように創の家へ。

「早く閉めて！」

睦美《むつみ》の声で、慌ててオレは玄関のドアを閉めた。

「かりかりかりかり……」

直後、外からドアを何か硬いもので引《ひ》っ掻《か》く音がする。

「何、この音？」

「骨の音じゃないかな」

「やめてよ、気持ち悪い」

正吾《しょうご》と二葉がそんなやりとりをしている中、参也《みつや》がさっさと家に上がっていく。

「おにいちゃん、窓とかちゃんと閉めてきた？」

そうか。屍が窓から入ってくる可能性もある。オレも急いで靴を脱ぎ、窓が閉まっているかを確認した。他のみんなも続く。

「きゃあ！」

二葉の悲鳴が聞こえる。

「大丈夫か？」

オレが駆けつけると、「さっき、窓に骨だけの手が見えた」と二葉が震えていた。

やはりこの家は屍たちに囲まれている。

帷《とばり》は「夜になると屍が活発化する」と言っていた。そうなると、夜の間は外には出られない。日没までに決まらなければ「ゲームオーバー」というのは、もしかしたら屍にやられて終わりという意味だったのか。

「ゲーム」と言われて、オレたちは甘く見ていたのだ。これは、そんな生やさしいものではない。マジで、ガチに、ヤバいやつだ。みんなもそれを感じ取ったようだった。言葉もなく、外から感じる屍の気配に集中している。

いや、みんなではなかった。

「なあ、参也だっけ？　ゲームしねーの？」

リビングのソファに寝転んで、創が参也を呼んだ。

「ねえ、これとかも全部おにいちゃんの？」

参也がどこで見つけてきたのか、両手いっぱいにゲーム機を抱えて戻ってきた。

「おいおい、勝手にひとんち漁《あさ》んなって」

さすがの創も口を尖《とが》らせたが、「ごめんなさーい」と無邪気に謝る参也には強く言えないようだった。

「ねえ、いまのうちじゃない？」

オレの耳元で睦美がささやいた。耳に彼女の息がかかり、オレは慌てて飛び退《の》いた。

「何？　その反応。傷つくんだけど」

「い、いや、こんなに女子に顔近づけられたことなくて……」

しまった。つい、正直に答えすぎてしまった。顔がボッと熱を持つのがわかる。

「ふうん。意外。モテそうなのにね」

「へっ⁉」

こっちこそ意外だ。そんなこと初めて言われた。しかも、こんなキレイな女子に。ますますオレの顔が赤くなる。

「おい！　ゆるんでんじゃねーぞ」

詩音の怒気が背中にぶつけられて、両肩がびくんとなる。

「だから嫌なんだよ、陽キャの連中は……」

正吾が爪を噛《か》みながら、聞こえるように文句を言った。オレは陽キャなんかじゃないのに。ただ、わざわざそれを訂正するつもりもなかった。

「ともかく、いま家主がゲームに夢中なすきに、証拠探しちゃいましょうよ」

睦美はすでに創が「強欲」の罪人だと決めつけているようだった。しかし、それはオレ以外みんなそうであることは、さきほどの「多数決」の結果が物語っている。

「あのさ、もしかしてさ……」

オレは睦美たちを手招きで部屋の隅に集めて、小さな声でひとつの提案をした。

「このまま証拠もヒントも見つからなければ、創は『推定無罪』になるんだろ？　それを毎日繰り返していけば誰も『罪人』にならずに済むんじゃないかな？」

できれば誰も傷つけずに済ませたい。オレの正直な気持ちだった。

「前言撤回。やっぱあんたモテないわ。だって、バカだもん」

睦美が鋭い言葉で、オレの提案を斬り捨てた。

「説明聞いてた？　最後に『ふたり以上』残ってたら全員ゲームオーバーって言ってたでしょ？　これは椅子取りゲームでもあるのよ」

睦美が蔑《さげす》むような目でオレを見下してくる。

「それに、時間制限までに指定されたことを成し遂げないと、その場で全員アウトになりかねないってのは、いまこの状況でわかるでしょ？」

確かに。オレはつい五分前「このゲームは甘くない」と悟ったはずだった。いや、悟ったつもりになっていただけだ。どこかに抜け道があるものだ、とあるかどうかわからない妄想の希望にすがって。

「あーし、わかった。あんた、ギゼンシャってやつだ」

横からピンク色の爪でオレの顔を差してくる二葉の言葉が、何よりオレの心にぐさりと刺さった。

偽善者。そうかもしれない。問題を先送りにして、自分は手を汚さず、できるだけ善人であろうとする。頭の中で言葉にしてみると、なかなかどうして、クズいやつだ、オレは。

「ほら、わかったらさっさと探しましょ」

睦美が小声でみんなに合図を出すと、創と参也を除く五人は手分けして、家の中を捜索することにした。

オレの受け持ちは二階だ。

子ども部屋らしき部屋に入る。机の上に散乱する教科書などから、ここが創の部屋であることは間違いない。

すでにかなり散らかっていたが、オレは机やタンスの引き出し、そして、男子が隠しものをする定番とも言える「ベッドの下」も覗《のぞ》いてみた。

頭を床にこすりつけてベッドの下を覗いているとき、ふと「家宅捜索」という言葉が頭に浮かぶ。

まさか、刑事ドラマみたいなことを自分がすることになるとは思わなかった。指紋がつかないように手袋をしたほうがいいだろうか、とまた余計なことを考えている。

「強欲」の罪の証拠とはいったいなんだろうか。欲張りということか。

言われてみれば、オレの家よりは「もの」が多い気はする。しかし、それだけで「強欲」とはそれこそ強引すぎやしないだろうか。

特にこれといったものを見つけることもできずオレは一階に降りた。

すると、廊下のつきあたりの床にどこかで見たような「扉」を見つけた。

(これ、オレんちの台所にあったやつと同じだ)

ひとひとりがちょうど通れるくらいのサイズの正方形の「扉」。この下にはいったい何があるのだろうか。

取手がついている。軽く引っ張りあげてみる。びくともしない。

「くそっ！　本気だしてやる」

今度は両手で取手を持って力いっぱい引っ張りあげる。しかし、今度もびくともしない。

「くっそ！　絶対何か隠してそうなのに」

そうこぼしていると、「何してんの」と背後から声がした。振り向くと、ふっくらとしたシルエット。正吾だ、とオレは体型でひとを特定するという、なかなかに失礼なことをしてしまっていた。

「ここ、なんか怪しいんだけど……」

「床に扉？　確かに怪しい」

正吾も興味を持って近づいてくる。

「あれ、これ、鍵穴じゃない？」

取手のそばに、小さな穴が空いている。普通の鍵穴ではない。オレの家の玄関にあった「指」が入りそうな穴だ。

「ここも指で開くんじゃ？」

正吾が試しに、と指を差し込んでみる。ところが全然サイズが違って入らない。

「ダメだ。ボクんちの玄関のはぴったりだったのに」

やはり「鍵穴」というだけあって、他人の指では開かない仕組みになっているのかもしれない。誰でも開けられたら、そもそも「鍵」をかける意味がない。

「ここの家主なら開けられるんじゃない？」

正吾はなかなか鋭い。オレたちはここに創を連れてくることにした。

リビングに戻る。

「おまえ、ほんとにゲーム初めて？　すげえ、うまいじゃん」

「本当？　うれしいな。僕、ゲームの才能もあったんだ」

創と参也が楽しそうにゲームに興じている。オレは参也の発言が少し気になった。ゲームの才能「も」ってことは他にも自信のあることがあるのだろうか。どんな才能だろうと、オレは興味をもった。

「なあ、ちょっとこっち来いよ」

ギャルの二葉やヤンキーの詩音とは目すら合わせない正吾だが、年下の男子相手なら強気に出られるらしい。

「ええ？　いま、いいとこなんだけどな」

そう言いながらも、創は素直にソファから立ちあがった。だが、ゲーム機は置いていかない。どれだけゲームが好きなんだ、こいつは。

さきほどの床の扉のところへ。

「ここに指差し込んでみろよ」

「ん？　何これ？　ほんとの俺んちにこんなのあったっけ？」

創が首を傾《かし》げている。オレの家と同じだ。間取りも家具も、壁に掛けている絵ですら完璧に再現してある家なのに、この扉だけは「オリジナル」と違っているようだ。

(絶対に怪しい)

しかし、創がこの扉を知らないとなると、彼がここに何かを隠したというのは考えにくい。怪しくはあるが、当たりではないのかもしれない。

「入んないよ？」

創が鍵穴に人差し指を差し込もうとするも、穴が小さすぎて入らない。家の持ち主なら開けられるという正吾の推理は、はずれてしまった。

「おかしいな。絶対開けられると思ったのに」

悔しそうにする正吾に、「ねえ、もう戻っていい？」とまるで他人事《ひとごと》のような創。

いま、創と参也を除く全員が、自分のことを「被告人」だと思って「家宅捜索」をしていることに気づいてすらいないような態度だ。

「あのさ、このままでいいの？」

オレは思わず心配になって創に聞いてしまった。

「あ、バカ。余計なこと言うなって」

横から正吾がオレの背中をつつくが、気にせず続けた。

「ほっといたら、君が最初の罪人になっちゃうかもしれないんだよ」

オレは何を言っているんだろう。こんな忠告をすることになんの意味があるのか。いや、意味ならある。オレは、目の前の中学生が「罪人」であるかもしれないことを認めたくないのだ。

しかし、当の創はキョトンとしている。

「いやいやいや。ないって。だって俺、罪人じゃねーもん」

本人が欠片《かけら》も自分を疑っていなかった。ここまで開き直れるものか、とオレは驚いた。「おまえは罪人だ」と言われて、その可能性について頭を巡らせば、それらしいものがひとつやふたつ見つかるものじゃないのか。いや、もしかして、それはオレだけの話なのか。

「オレのほうがおかしいのか?」

思わず心の声が口からこぼれてしまっていた。

「そうなんじゃない?」

創はそう言って、にやりと笑うと、お気に入りの限定モデルのスワッチを持って、リビングに戻っていった。仕方なくオレたちも後に続く。

「も～、どこ行ってたの～？」

いつの間にか「捜索」から戻ってきていた二葉が待ちくたびれた感じでソファに寝転んでいた。

(だから、そんな短いスカートで寝転んだら見えちゃうって)

オレはまたもや二葉から目を逸《そ》らす。しかし、その視界の端で、正吾がじろじろと二葉を見ていた。やはり男なら見るものなのか。こういうシチュエーションで目を逸らすのはオレだけなのか。

「オレのほうがおかしいのか？」

さきほどと同じセリフがまたもや漏れてしまう。

「はあ？　なんの話？」

二葉があきれている。

「いや、なんでもない。それより、どうだった？」

創の前なので、直接的に「家宅捜索」の結果は、とは聞けない。だが、どうやら二葉は成果があったようだ。

「これ見て～」

リビングのローテーブルを指差す。

「腕時計？」

高そうな腕時計が、ひとつ、ふたつ、三つ、四つ、五つ。しかも、よく見ると、五つともまったく同じ腕時計だ。

「これ、ベルガリイの最新モデルだよ」

ギャルはブランドものに詳しい、というのは偏見だろうか。しかし、実際二葉は詳しいようだった。

「超高いんだから、これ。それを五つも持ってるってすごくない？」

この「すごくない？」には明らかに否定的な意味が込められていた。しかし、創はそれを言葉通りに受け取っていた。

「な、すげえだろ？　あとはこれをタイミングみてさばくだけ」

「それって、転売ってこと？」

いつの間にか戻ってきていた睦美が口を開いた。

「なんこいつ？　転売ヤーなん？」

詩音も戻ってきていた。創を指差して言う。

「はあ？　それが何か？」

創は自分がしていることが非難されていることにやっと気づいたようだ。攻撃的な態度になる。

「いや、転売なんてダメでしょ」

「何言ってんの？　転売は罪じゃねーし」

創は完全に開き直っている。しかし、言われてみれば「転売」自体は罪ではない気がする。それが罪ならそもそも世の中の商売の多くが、安く買って高く売るを基本原理としている。それは転売と同じ仕組みではある。

「悪質な転売は立派な罪だろ」

正吾は憎々しげに言った。まるで、過去に悪質転売の被害にあったかのような言い方だ。

「どこからが悪質で、どこからが悪質じゃないのさ？　教科書に書いてあった？　学校で習った、そんなこと？」

創はまったく悪びれない。

「しかも、この時計だって、欲しくて欲しくてたまらないやつがバカみたいな値段で買うって言ってんだぜ。どっちかって言うと、そっちが『強欲』で、俺はそれを叶《かな》えてあげる神みたいなもんじゃん」

悪びれないどころか、正当化してきた。

「ほら、ギャルのねーちゃんも、この時計欲しいんじゃないの？　いまなら仕入れた値段といっしょでいいから売ってあげるよ」

時計のひとつを手に取り、二葉に向かって突きだした。

「あーしは転売商品なんか買わねーし」

「だから、定価と同じ値段で売ってやるって言ってんじゃん。それのどこが悪いの？　オレの利益ゼロだよ。むしろ慈善行為じゃん？」

突然よく喋《しゃべ》るようになった。ずっとゲームだけに集中して、オレたちのことなど見えてすらいないような態度だったが、転売がバレた途端、ものすごく饒舌《じょうぜつ》だ。

(何か後ろめたいことがあるのか？)

そんなことをオレが思っていたときだった。

「ねえ、おにいちゃん、そのゲームもやらせてよ」

ずっと黙って別のゲームをやっていた参也が、創が持っているレアものスワッチを指差した。

「お、おまえには、べ、別のスワッチ、貸してやってんだろ！」

突如見せた創の動揺に、みなが気づいた。

「ちょっと、そのゲーム、見せてよ」

二葉が近づく。

「やめろって。レアもんだぞ、これ！」

「いいから、見せろっての！」

二葉の手を避《よ》けた創に、すばやく詩音が近づき、強引にレアカラーのスワッチを奪い取った。

「おい！　返せよ！」

詩音に飛びかかろうとする創をオレと正吾で制止した。

「うわっ。なんだこれ」

スワッチの画面を見た詩音の顔が険しくなる。

「なに、なに？　何が映ってるの？」

参也は無邪気に詩音が持っているスワッチを覗き込む。

「これって、ゲームチャットってやつ？」

オレはそこまでゲームに詳しくないが、オンラインゲームなどではチャットで会話しながらプレイができるらしいことは知っていた。

「やめろ！　見るな！　見るなって！」

創がさらに暴れだした。さっきまでは転売にも開き直って飄々《ひょうひょう》としていたのに、この慌てようはなんなんだ。

「『ヘタクソ』とかはまだわかんけど、『クズ』とか『死ね』とかはさすがにひどくないか？」

詩音が、まるで汚いものを見るような目で、スワッチの画面と創の顔を交互に見る。

「違う。それは……、俺じゃない！」

「でも、このプレイヤーの名前『firstmen』って、おにいちゃんの名前の『はじめ』と男性の『men』をくっつけたんじゃないの」

参也は小学生なのに英語もできるようだ。いや、いまどきの小学生は英語くらいあたりまえなのか。それにしても、鋭い推理だ。その証拠に創は黙り込んでしまった。図星だったのだろう。

「なんで消えねーんだよ。何回デリートしてもその履歴は消えねーし、ゲームの電源は落とせねーし」

創が叫んだ。声に涙の色が混じっている。

「おまえが肌身離さずそのゲームを持ってたのは、その履歴を見られたくなかったからか」

正吾の言う通りだろう。オレは、「証拠」になるようなものはどこかに「隠す」のが絶対だと思っていた。しかし、創のように常に手元に持っておき、誰にも触れられないようにするという方法もあったのだ。

創が不自然なほどにここに来てからずっとゲーム機をいじっていたのは、そのカモフラージュだったのかも。

「罪の履歴がそんなに簡単に消えるわけないでしょう」

詩音の持っていたスワッチから突然帷の声がした。最初のヘッドホンや公園のスピーカーならまだわかるが、ゲーム機からも声が聞こえるというのは、いったいどういう仕組みなのだ。いや、考えるのはやめよう。ここは現実世界じゃないんだ。

「みなさん、お見事です。罪の証拠を見つけましたね」

ゲーム機から帷が続ける。

「で、でも、このチャットの悪口が『罪』ってこと？」

オレはゲーム機の向こう側にいるであろう帷にたずねた。それが「強欲」の罪とは思えなかったから。

「履歴をさらにさかのぼってみてください」

詩音が、チャット欄をスクロールしていく。

「あ！」

「なになに、何が書いてあんの？」

二葉もゲーム機を覗き込む。

「こいつ、オンラインゲームいっしょにしてるやつに、転売品売り付けてる……」

みなの視線が創に集まる。

「ほ、欲しいって言ったから、売ってやっただけだよ」

「いや、これ、一回でもあんたから転売品買ったら、そのときゲットした情報で個人特定して逃げられないようにしてんでしょ」

詩音が履歴をスクロールしながら説明してくれる。ただのマイルドヤンキーかと思ったら、意外にこういうことに詳しい。

「そ、そんなことしてない！」

「オンラインゲームいじめに、転売品の高額売り付け？　サイテーじゃん」

二葉が呆《あき》れてため息をついた。

「盛土創さん、あなたは、お母さまと約束しませんでしたか？」

再びゲーム機から帷の声が聞こえる。

「……なんの話だよ？」

「プロのeスポーツプレイヤーになるからって約束ですよ」

帷はどこまでオレたちのことを知っているのだろうか。ここにいるメンバーには「罪」を隠し通せたとしても、帷はきっとすべてを知っているのだ。仮にこのゲームに勝ち残ったとして、帷が知っている「罪」はどうすればいいのだろうか。裁かれるのか、それとも……。

ここでオレは考えるのをやめた。恐ろしくなってきたからだ。そして、いまは考えてもどうしようもない。

「そんなの、ガキの頃の約束だろ？」

創が不貞腐《ふてくさ》れたようにつぶやいた。

「でも、お母さまとちゃんとゆびきりげんまんしましたよね？」

「ゆびきりげんまん」という言葉にオレは反応してしまった。いや、オレだけじゃない。ここにいる全員が一瞬びくっとしたような気がした。気のせいだろうか。

「したよ！　したからなんだよ？　約束なんて破るためにあんだよ！」

また開き直った。どうやら創は追い詰められるとすべて開き直る性格らしい。

「そうですね。そして、あなたはある女の子との約束もそうやって破った」

帷の声の温度が二、三度下がったような気がした。耳がぞくりとする。

「転売品を売り付けて、そのお金を払えないなら親にバラすと脅し、その子は仕方なく貯金をおろして支払った。それなのに、あなたはそのことを結局ご両親にバラしましたね、匿名の手紙で」

なんでわざわざそんな手間までかけて。

「そいつが、将来プロゲーマーになりたいとか言うから、ムカついたんだよ。クソヘタクソのくせにさ」

それだけのことで、とオレは驚かずにはいられなかった。

「俺は、この世界には上には上がいるって諦めたんだ。絶対欲しかった夢を俺は泣いて諦めたのに、あんなヘタクソが、絶対なる、とかふざけたこと言ってるから」

欲しいものを諦めたことによる怒りを他人にぶつける。それが、創の「強欲」の罪だったのか。

「ちょっと、聞いていい？　結局、その子はどうなったの？」

輪の外から静観していた睦美がゲーム機の帷に向かって質問した。

「自殺しました」

即答だった。このやりとりが始まる前から、この答えを用意していたかのような速さでの回答だった。

速すぎて、逆にオレたちの思考が追いつかない。みな沈黙してしまう。

「自殺⁉」

最初に口を開いたのは、創だった。

「ウソだろ？　チャットで悪口言われたくらいで？　転売品を押し付けられたくらいで？　バカだろ、そんなの」

創はわめきちらした。

「俺は悪くねーし。勝手に死んだそいつが悪いんだろ！」

帷は答えない。即答と沈黙をうまく使い分けてオレたちの心情をコントロールしているようにも思える。

「泉下詩音《いずみしたしおん》さん、このゲーム機を盛土創《もりどはじめ》さんのほうに向けてください」

スワッチを持っている詩音に帷は指示を出した。

「こうか？」

詩音はそれに従う。

スワッチのモニターが創のほうを向いたその瞬間だった。

「バシャ!!」

目が眩《くら》むような閃光《せんこう》と激しいシャッター音。オレは思わず目を瞑《つぶ》ってしまった。

「あれ？　中学生は？」

正吾の戸惑う声が聞こえる。オレの腕の中にさっきまであった創の感触がない。視界がやっと戻ったとき、そこに創の姿はなかった。

「ねえ、これ」

詩音がスワッチの画面をオレたちに見せてくる。

「た、助けてくれ！」

そこには創の姿があった。銃を構えたプレイヤーたちに囲まれている。

「や、やめろ。プレイヤーキルはルール違反だろ！」

必死に叫んでいるが、周りのプレイヤーが銃を下ろす気配はない。

「ダダダダダダダ！！！！」

「うわあああああ！！！！」

一斉に射撃が開始される。丸腰の創は全方位から弾丸をその身に受けている。

一斉射撃を受けて、創の腕や手は跳ねあがり、足は変な角度にまがり、胸や胴は着弾のたびに波打っている。

「踊ってるみたいだな」

正吾が真顔で場違いな感想を漏らした。しかし、そう言われれば確かに創は踊っているようだった。ゲーム画面の中「ダダダ」という銃声のリズムに乗って、コンテンポラリーダンスのような芸術的な踊りを披露していた。

「ダダダダダダダダダダダダダ！」

「ぶしゅぶしゅぶしゅしゅしゅぶぶしゅぶしゅ！」

銃撃のリズムに合わせて、創の身体から血飛沫《ちしぶき》が噴水のように噴き出している。

「ダダダダダダダダダダダダダ！」

「おがががうがおがおぼぼぼぼ」

口から血を吐きながら、溺れているような声が漏れる。まだ息があるのだ。

「ダダダダダダダダダダダダダ！」

「…………」

もう血も声も出ない。人のカタチをした真っ赤な物体がただ踊っているようだった。

「ダダダダ……」

銃撃が止《や》んだ。糸が切れた操り人形みたいに創がぐしゃりと地面に倒れ込んだ。

画面がブラックアウトした。

【GAME OVER】

黒いモニターの中央に無慈悲なワードが白くにじむ。

「みなさんは、なんとかゲームオーバーを免《まぬか》れましたね」

ゲーム機からは帷の声が響く。最後のチャットの人物と帷とはいったいどういう関係なのだろうか。しかし、それを質問する時間はなかった。

部屋の時計を見ると【23:48】だった。今日という日のタイムアップまであと十二分。まさにギリギリで初日のゲームが終わったということだ。

「二十四時になれば屍は山に帰ります。みなさん、どうぞご自身の家でゆっくり寝てください」

帷の声が急にやさしくなる。だが、その声色でホッとする者はこの場にひとりもいなかった。

ひとりの参加者がいなくなり、一日が終わった。

あと六日。そして、あと六人。

オレたちは、黙って【盛土】家を後にした。

「ガチャリ」

人差し指を鍵穴に差し込んでドアを開ける。

「ただいま」

わざと声に出してみる。「おかえり」と返ってこないのはわかっている。でも、そうせざるを得なかった。ひとりだと思いたくなかったのだ。

この家があの頃を再現しているのであれば、あの頃のかあさんも再現してほしかった。優しくて、何よりオレのことを最優先に考えてくれるかあさん。

あの頃のかあさんなら、いまのこのグチャグチャな感情も受け止めてくれそうな気がした。

「かあさん、どうしよう。目の前でひとが死んじゃったよ……」

誰もいないキッチンに向かってそう独《ひと》りごちてみる。

「オレ……、何もできなかったよ……」

その声も冷たいシンクに吸い込まれていく。

台所が静寂に包まれる。途端、さきほどの光景が蘇《よみがえ》る。

——た、助けてくれ！

そう悲痛な叫びをあげながらも、身体《からだ》はまるで踊っているような創《はじめ》。

ゲーム機の中での出来事だったが、オレたちにはなぜかそれがフィクションではないことが理解できた。

創の断末魔の叫びはいまも耳にこびりついて離れないほどに切実だったし、動かなくなった創の身体からこぼれだす血には臭いすら感じた。

「罪セブン」というゲームに敗れると、あんな惨《むご》たらしい死に方をすることになるのだ、とオレたちの脳裏にしっかりと刻まれてしまった。

「まだ続くのかよ、こんなのが……」

そう吐きだしたあと、再び台所が静寂に包まれる。

「ブ————ン」

モーター音が響く。何の音かと思ったら冷蔵庫だった。思わず開けてしまう。

「あ、チキンライス」

そこにはラップに包まれたケチャップ色のチキンライスがあった。

【チンして食べてね】

かあさんのメモが添えてある。

「かあさん……」

そう言えば、あの頃よく作ってくれたっけ。うちのチキンライスは、鶏胸肉のミンチを使っている。それがあたりまえだと思っていたが、他の家では鶏もも肉を使うんだと知ったときは「ああ、うちは貧乏なんだ」と少しみじめに感じたものだ。

「いただきます」

オレはチキンライスを温めて食べた。

「……うまい！」

懐かしい味が口いっぱいに広がる。時計はすでに二十四時を回っている。普通ならごはんを食べるような時間ではない。しかし、そんなことはどうでもよくなるくらい、かあさん特製を再現したチキンライスは美味《おい》しかった。

（他のやつらは飯、どうしてんのかな）

オレのところみたいに冷蔵庫に何か入っているのだろうか。それとも、キッチンで自炊したりするのだろうか。少なくともコンビニに買いにいくというのはこの世界ではできそうもない。

（余計な心配だな……）

ひとが簡単に死んでしまうこの世界で、ごはんの一食や二食、どうでもいいことのような気がした。それでも、いまのオレみたいに、温かい食事に心救われることもあるのではないかと思った。

(何か、食べられればいいけど)

オレは、食べ終わった皿をシンクに置くと、自分の部屋に入りベッドに横になった。

「疲れた……」

心の底からの本音が口をつくと、オレはそのまま深い眠りについていた。


「おはようございます！」

窓の外から帷《とばり》の声が聞こえる。

「昨夜はよく眠れましたか？　これから『罪セブン』の二日目を始めます」

夢すら見ずに熟睡していたオレは、二日目と言われても、まだピンときていなかった。「一日目」の終わりがいったいどこだったのか、実感がない。

「みなさんもうお気づきかと思いますが、みなさんのお家に見慣れない扉があったと思います。その鍵を開けることができれば、ゲームの『ゴール』に一歩近づけるかもしれません」

だからなぜそういう大事なことを最初に言わない。絶対わざとだ。ゲームの管理者である帷は完全にオレたちを翻弄《ほんろう》して楽しんでる。

オレは台所に行って、もう一度鍵穴に人差し指を差し込もうとする。が、入らない。右手がダメなら左手と試すもダメ。

「どうやったら開くんだ、これ」

イライラして頭をわしゃわしゃとかきむしっていると、帷から発表があった。ひとまず地下扉は後回しだ。

「本日の罪は『暴食』です」

パッと昨夜食べたチキンライスの味が蘇る。ごはんを食べることは人間の本能だ。悪いことではない。しかし今回はその先にある「暴食」が罪だという。

真っ先にオレが思い浮かべたのは正吾《しょうご》だった。

あの横に育ちすぎた体型。食べるのが嫌いでは絶対にないだろう。

ただ、体型だけで決めつけてしまうのはどうかとも思った。

しかし、十二時になったので公園に出てみると、みなが同じことを考えていたようだった。

「絶対、あいつっしょ！」

二葉《ふたば》が「勝ち確《かく》！」とピースサインを出しながら宣言していた。

「だろーな」

詩音《しおん》も腕組みをして頷《うなず》いている。

「デブは死ねばいいのよ」

睦美《むつみ》が吐き捨てるように言った。いくらなんでも、それは言いすぎだと思うけど。

「でも、おにいちゃん、いないね？」

参也《みつや》がきょろきょろと公園を見回している。確かに、正吾の姿が見えない。

「あいつ、自分が暴食の罪人だって自覚してるから、出てこれねーんじゃね？」

「ありえる。つか、それしかなくない？」

「よし、引きずり出して、連れてこよう」

女子たちはすでに正吾が「被告人」、いや、もう「罪人」として確定したかのような勢いだ。

「き、決めつけはよくないいんじゃないかな……」

オレは恐る恐る意見してみた。

「はあ？」

「じゃあ、あんたが暴食でいいの？」

「いや、そ、そういうわけじゃないけど……」

オレの中のなけなしの正義感は、女子たちの「はあ？」に一蹴されてしまった。

「あのデブが今回の被告人だと思うひと！」

睦美が扇動するように手を挙げた。当然、双葉と詩音は手を挙げる。

「あのおにいちゃん、そんなに太ってた？」

参也がこくりと首を傾《かし》げる。

「参也きゅんはやさしーなー」

二葉がそう言って、参也の頭をわしゃわしゃと撫《な》でた。

「でも、これで多数決はとれたわね」

その通りだ。オレと参也は挙げていないが、三対二。正吾が「暴食」の被告人ということになってしまった。

「でも、これじゃ、欠席裁判じゃないか」

オレの最後の抵抗も、女子たちには無視されてしまった。睦美を先頭に、すでに三人は正吾の家を目指していた。

オレと参也は仕方なく、それについていくしかなかった。

「ピンポーン」

インターホンを鳴らす。

「……はい」

しばらくして、正吾の声が返ってくる。

「てめー、出てこいや、コラ！」

詩音がすかさずドスの利いた声で脅す。

「ひいっ！」

インターホンから正吾の怯《おび》えた声が漏れる。

「ちょっと、ビビらせてどうすんのよ」

睦美が詩音と交代する。

「あなたが出てこないから、みんな心配してたのよ。ここ、開けてくれない？」

さきほど「デブは死ねばいい」と言っていた人物とは思えない優しい声だ。そのあまりの温度差にオレはぶるっと震えてしまった。

「いやだ！　どうせみんなボクが『暴食』の罪人だって思ってんだろ？　そんな決めつけてるやつらを家に入れるわけないだろ！」

正吾の言ってることはごもっとも。しかし、このままでは、ただ時間だけが過ぎていく。日が沈んだら、また屍《しかばね》が敷地内に入ってきてしまう。

「ねえ、帷さん？　こういう場合はどうすればいいの？」

「公園での議論で決まったのですから、小碑正吾《こびえしょうご》さんには、その家を調べさせる義務があります」

少し離れたスピーカーから帷の声が答える。

「ちょ、ちょっと待ってくれよ。ボク、その議論に参加してないんだけど」

「欠席は無効票とみなします」

「そ、そんな……」

インターホンから正吾の落ち込む声。

「ただし、この捜索でもし小碑正吾さんが罪人であるという決定的な証拠が見つからなかった場合……」

「場合？」

インターホンとスピーカー同士で会話している。なんだか変な光景だ。

「元被告人、今回は小碑正吾さんがそうなる可能性がありますが、元被告人は、新被告人を指名することができます」

「おお、マジで⁉」

正吾の声が明るくなった。

ただ、これも完全に後出しだ。なぜ最初のルール説明のときにそれを言わないのか。オレは心の中でそう不満を漏らしたが、口には出さなかった。帷が「さらに」と続けたからだ。

「新被告人の家を強制家宅捜索する権利と、被告人が絶対答えなければならない質問ができる権利も与えられます」

「捜索権」に「質問権」。これはゲームで生き残るためにはかなり有利な権利だ。つまり、罪に問われて冤罪《えんざい》だった場合は、他の人間を追い詰めることができる。またこれはゲームを進行するうえでも重要だ。昨日オレが提案したように「推定無罪」が連続して出てしまうと、そのまま最終日を迎え、全員アウトになってしまう。より確実に「罪人」を出すための仕組みなのだ、きっと。

「おっしゃ！」

インターホン越しでも、正吾が中でガッツポーズをしているのがわかる。

「ガチャリ」

玄関が開いて、正吾が出てきた。

「どうぞ、お入りくださいませ」

恭《うやうや》しく頭を下げているところがわざとらしい。帷から追加のルールを聞いたことで自分にも逆転勝利の可能性があると考えたのだろう。いや、あの顔はむしろ勝利を確信した顔だ。

しかし、睦美たちも負けたという顔はしていない。こちらはこちらで正吾が「暴食」である絶対の確信があるようだった。

（その根拠って体型だけだと思うけど……）

それだけで決めつけるなんて。モデル、ギャル、ヤンキー。やはり陽キャの考え方は一方的だな、と思ったところですぐに自分も外見で決めつけていることに気づき反省した。

「ところでさ」

全員が【小碑】家に入ったところで、正吾がオレに向かって「多数決って全員、ボクに挙げたの？」と訊《き》いてきた。

「いや、オレと参也は挙げてないよ」

「ふ〜ん。そうなんだ」

いまの質問になんの意味があったのかわからないが、正吾はにやりと口の端を上げると「見とけよ、女どもめ」と小さな声でつぶやいた。

「さあ、好きなだけ家探《やさが》しでもなんでもしてくれ」

両手を大きく広げて胸を張る正吾。外では背中を丸めている印象が強かったが、家ではやたらと堂々としている。内弁慶というやつだろうか。

「言われなくても、ぜってー証拠見つけてやるっつーの、デブ！」

詩音が口汚く答えると、正吾に向かって中指を立てた。

「おまえらも探さなくていいのか？」

正吾がオレと参也のほうを見て言った。女子たち三人はすでに手分けして捜索を始めている。

「そうだね。昨日はボク、あまり宝探しできなかったから、今日はがんばろうかな」

参也はそう言って無邪気に笑うと駆け出していった。

「宝探しって……」

いくら小学生でもピュアが過ぎるだろう。自分が小六のときはすでに結構ひねくれていたような気がする。

――ずっと友だちでいようね。

ふと幼馴染《おさななじみ》の声が蘇る。その約束を破ったのはオレが小学六年生のときだった。思い出して、胸がぎゅっと痛くなる。思わず身体をくの字に折った。

「どうした？　腹でも痛いのか？　それとも、お腹空いたとか？」

正吾がオレの肩に手を置いて、心配しているのか、バカにしているのかわからない発言をした。

「本当に自分が『暴食』じゃないって自信があるんだな？」

「ボク、こう見えて少食なんだ」

冗談を言える余裕があるところを見ると、本当に正吾は無罪の自信があるのかもしれない。

とはいえ、すでに日は暮れているし、制限時間も刻々と迫ってきている。正吾を心の底から疑っているわけではないが、何もしないわけにもいかなかった。

「じゃあ、お言葉に甘えて」

何に甘えるっていうんだ、と自分で自分に心のツッコミを入れながら、オレはリビングのほうに向かった。途中でキッチンを横切ったが、女子たちが冷蔵庫や食器棚の中を捜索していた。

(暴食の罪だからって台所に証拠があるってのは、わかりやすすぎないか？)

しかし、必死の顔で証拠となる「何か」を探している女子たちの邪魔をするのは気が引けたので、何も言わずに通り過ぎた。

「あ、また同じ扉だ」

リビングのソファをずらしたところに、オレの台所や創の家の廊下にあった「扉」があった。

すべての建物はその持ち主の家として再現されているらしく、間取りも家具もさまざまだ。なのに、この扉だけは同じカタチ、サイズをしていた。取手のそばに鍵穴らしきものが空いているのも同じだ。

「入らない、か……」

試しに人差し指を差し込んでみるが入らない。穴が小さいのだ。これだと、オレよりもっとぷっくりした手をしている正吾の指など入りそうもない。

「絶対何か隠してありそうなんだけどな」

口にしてみて違和感がある。

「誰が？　何を？」

この家の持ち主である正吾が開け閉めできないのなら、この扉の中に何か隠すことなどできない。だとすれば正吾以外の誰かがこの扉を使っていることになるが、この家に入るには正吾の指で鍵を開けないといけない。

「怪しすぎるな」

そう思いつつも、開けることができないのだから、どうしようもない。オレは、ソファを戻し、リビングのあちこちを探った。

「瑛人《えいと》おにいちゃん、何か見つかった？」

一時間くらいリビングを捜索していただろうか。振り向くとそこには参也が立っていた。一人っ子のオレは「おにいちゃん」と言われ慣れてなく、参也のその呼び方がなんだかこそばゆかった。

「瑛人でいいよ。オレも参也って呼び捨てしちゃったし」

「そう？　じゃあ、瑛人って呼ぶね。七人が呼ばれたのに、おにいちゃんだけ『8《エイト》』っておもしろいよね。あ、またおにいちゃんって言っちゃった」

「ごめん」と付け足す参也に気にするなと言いつつ、オレは他のことが気になっていた。深く考えたことがなかったが、オレの名前は確かに英語で「8」の意味を持つ。

しかし、参也の発言で気になったのはそこではない。

「おにいちゃん『だけ』って？」

「ああ、まだ気づいてなかった？」

少しバカにされたような気がしたが、参也はニコニコ無邪気に笑っている。他意はないようだ。

「僕の名前は『参也』で『3』でしょ。正吾おにいちゃんは『5』が入ってるよね」

言われてみれば。

「二葉は『2』だし、詩音は『4』か。睦美は、え〜と『6』だな」

「昨日死んじゃった創おにいちゃんは、『はじめ』だから、きっと『1』だよね」

参也がさらりと「死んじゃった」というワードを使ったので、どきりとする。これもまた小学生らしい無邪気さからくるものだろうか。気に病んでいるのはオレだけか。

「でも、そうなると……」

「そう！『7』がいないんだよね」

参也は両手の指で「七」をつくってこちらに向けた。

「『罪セブン』ってこのゲームの名前と何か関係あるのかな」

「どうなんだろうね〜？」

ふたりで「う〜ん」と唸《うな》るも、その先は出てこない。しばらく待っても閃《ひらめ》きは起きなかった。それはそうだ。オレは、名探偵でもなければ、ＩＱ百八十の天才でもない。

「そういえば、参也のほうは何か見つけたのか？」

「う〜ん、証拠って感じじゃないけど、おもしろい部屋を見つけたよ」

参也はそう言って、二階に上がる階段の下にあるドアへ案内してくれた。確かに変な場所にある部屋だ。イギリスの小説ならメガネをかけた魔法使いが住んでいる設定だ。

「物置かなんかじゃないのか？」

「うん、僕も最初はそう思ったんだけど、ここ、玄関と同じ鍵がかかってんだよね」

参也に言われてドアノブのところを見ると、確かに穴が空いている。さきほどの床の扉と違って、少し太い。これなら正吾の人差し指も入りそうだ。

オレは正吾を呼んできて、ダメ元でここを開けてみてくれないかと頼んだ。

「いいよ」

てっきり断固拒否してくるかと思ったが、予想外にあっさり許しが出た。

「ボク、罪人じゃないしね」

念を押すようにそう言うと、正吾は鍵穴に人差し指を差し込んだ。ガチャリと鍵が開く音がする。

「どうぞ」

正吾がドアを開けてくれる。中は真っ暗だ。

「ここは？」

参也がたずねる。

「暗室だよ。いまは使ってないけどね」

「暗室？」

そう言われてもオレにはピンとこない。暗い部屋ってなんだ。電気が点《つ》いてなかったらどこも暗いだろ。

「フィルムに撮った写真を『現像』する場所だよ。いまみたいに写真がデジタルになる前は普通にこんな部屋で写真をプリントしてたんだよ」

「へえ、詳しいな」

「ボクのパパ、カメラマンだから」

ちょっと意外だった。オレの偏見かもしれないが、カメラマンという職業はなんとなく美意識も自意識も高いひとがなるものだと思っていたから。そんなひとの息子が、言ってはなんだがこんなキャラというのが、しっくりきていなかった。

「意外そうな顔してるね」

「そ、そんなことないって」

慌てて取りつくろうも、正吾には見透かされていた。この手の反応は慣れっこなのかもしれない。

「正吾は、カメラとか興味ないの？」

なんだか申し訳なくなって、つい興味もないのに変な質問をしてしまった。

「ボクがカメラ？　そ、そ、そんなのあるわけないじゃん。オタクにカメラは合わないでしょ？」

「そうかな？」

予想外に正吾が動揺したのが不思議だった。それに、カメラマンとオタクは合わないが、カメラとオタクはむしろ合ってるイメージがオレにはあった。

「ああ、おもしろかった。暗室ってほんと暗いんだね」

いつの間に中に入ったのか、参也がドアから出てきた。

「ボクも子どもの頃、よく勝手に入って怒られてたな〜」

「あれ、僕、勝手に入って大丈夫だった？」

急に心配そうな顔になる参也。

「だいじょぶ、だいじょぶ。いまは使ってないから。パパもいまはデジタルだからね」

「なら、よかった」

そんな会話をしていたときだった。

「くそっ！　時間がねえ」

キッチンのほうから激しい舌打ちと詩音の悔しそうな声が響いた。

時計を見ると、すでに二十三時半を過ぎている。時間を全然気にしていなかった自分のアホさ加減に呆《あき》れてしまう。

「ぐふふ」

正吾の口から下品な笑いがこぼれる。

「ほらみろ、陽キャ女ども！　ボクは暴食の罪人でもなければ、デブでもない！　ちょっとぽっちゃりしてるだけだ！」

正吾は「ぐはははは」と高笑いをしながらキッチンのほうに向かっていった。

複雑な気分だ。体型だけで決めつけるのはよくないとは思っていたが、ここで正吾が罪人ではないとなってしまうと、被告人探しはやり直し。正吾じゃないというなら、いったい誰が「暴食」の罪人なのだろうか。

「ふざけんなよ、てめー。証拠だせや、証拠！」

オレと参也が遅れてキッチンに着くと、詩音が正吾の胸ぐらを掴《つか》んで締めあげていた。正吾の足が床から少し浮いている。詩音は小柄なのにすごい力だ。

「は、離せよ。ボクにそんな態度でいいのかよ」

「どういう意味だよ？」

「ボクは次の被告人を決める権利があるんだぞ」

そうだった、と一同気づく。あと数分で正吾の「推定無罪」が決まり、そして「新被告人」を決める権利が発動される。正吾に指名されてしまえば、今度は自分が疑われる側になってしまうのだ。

「とは言っても、誰なんだろうね？　暴食の罪人って」

参也のストレートな疑問に、正吾も「うっ」と黙ってしまった。当てがあったわけではないようだ。

「二十四時になりました。時間までに証拠を集められなかったので、小碑正吾さんは推定無罪。新しい被告人を決めてください」

外のスピーカーから帷の声が聞こえる。

「再《ふたた》び公園に集まってください」

「いや、外は無理っしょ。だって、屍ってやつがいるんでしょ？」

二葉が震えながら言った。

「屍は二十四時を過ぎると再び山に戻ります」

帷が答える。そういえば昨夜もそんなことを言っていたような気がする。

恐る恐る玄関のドアを開けた。屍たちは山に戻ってしまったようだ。ヘヴンズハウスは真夜中の静寂に包まれている。

オレたちは公園に向かうことにした。街灯でぼんやりそこだけ明るくなっていた。

「ねえ、睦美おねえちゃん。怖いから手を繋《つな》いでもらっていいかな？」

参也が甘えた声で睦美に頼んだ。

「え、嫌よ」

睦美は即座に断る。

「繋いでやれよ、かわいそうだろ」

詩音にそう言われてしぶしぶながら、睦美は手を差し出した。

「ありがとう！」

嬉《うれ》しそうに睦美の手を握る参也だったが、その手をじっと観察している。

「ねえ、睦美おねえちゃん。このぽこっとしたのなに？」

参也にそう言われて、睦美がぱっと手を離した。みんなの視線が睦美の手に集中する。

「それ、吐きだこじゃねーの？」

詩音の言葉にオレは「吐きだこ？」とおうむ返しをしてしまう。

「過食症のやつにできるやつだよ」

「過食症」。その言葉に全員がハッとする。「過食」と「暴食」。そのふたつを結びつけるのはあまりにもたやすかった。

「じゃあ、被告人は奥城睦美《おくしろむつみ》で！」

公園に着いた瞬間、勝ち誇ったように正吾《しょうご》が宣言した。

「ちょっと！　ふざけないでよ。なんで、吐きだこがあったくらいで疑われなくちゃいけないのよ！」

必死で反論する睦美。

「おまえらだって、ボクのこと、体型だけで決めつけたじゃないか！」

正論だ。睦美もさすがに言い返せない。

「そもそも、議論する必要なんてないんだよ。ボクには新被告人を指名する権利があるんだから。そうだろ、帷《とばり》？」

正吾がスピーカーに向かって叫ぶと「その通りです」と返ってきた。

「ほら！　よし、じゃあ睦美の家に行くぞ！」

正吾が腕を振りあげる。

「呼び捨てしないでくれる」

被告人に指名されてもあくまでクールな睦美。

「仕切んな、デブ」

正吾には厳しいままの詩音《しおん》。

「あーし、ちょっと眠くなってきたんですけど」

マイペースな二葉《ふたば》。

「睦美おねえちゃんってさ、モデルさんなんでしょ？　きっとおうちも素敵なんだろうな〜」

参也《みつや》がきゃっきゃとはしゃいでいる。

「あのさ、もう少し緊張感とか持ったほうが……」

思わずオレはそう進言してしまった。

「は？　マジメかよ」

詩音に鼻で笑われてしまった。「真面目なんかじゃない」そう反論したかったが、言葉が出てこなかった。オレは黙って俯《うつむ》いた。

「陰キャをあんまいじんなよ」

正吾が詩音に対して言った。今回は目を逸《そ》らしながらでも、小声で、でもない。相手の目を見てしっかりと言い放っていた。強制捜索権を持っていることからくる自信だろうか。

(でも、正吾からしたらオレも陰キャなんだな)

口に出して否定はしなかったが、少し悔しい気持ちもあった。

(オレは、陽でも陰でもない。普通の人間だ)

そう自分に言い聞かせつつも、「普通ってなんだ？」と自問する自分もいる。

「いいから、早く開けろよ」

「だから！　命令しないでよ」

睦美がきっと目尻を上げる。さすがにこれには正吾も怯《ひる》んでいるが、「強制捜索権」の行使は諦めない。

「おい！　帷！　強制的に捜索できるんだろ？　被告人が抵抗するんだけど！」

スピーカーに向かって大声で叫ぶ正吾。

「確かにその通りです。奥城睦美さん。このまま抵抗を続けるなら、この場で罪人決定として屍《しかばね》に襲わせてもいいんですよ」

帷による究極の脅し。これがもし「裁判」だったとしたら、最低最悪の裁判官だが。

「わ、わかったわよ」

睦美が渋々、玄関の鍵穴に人差し指を差し込む。

「うわっ、なんかいい匂いするねっ」

家の中に入った瞬間、参也が叫んだ。確かに、フローラルな香りが家中に漂っている。

「アロマよ。趣味なの」

「へえ、さすが現役ＪＫモデル！」

二葉が憧れの目線を睦美に向ける。

「実際は、ギリギリＪＫだけどね」

苦笑いで返す睦美。一同の頭に「ギリギリ？」とハテナが浮かぶ。

「私、モデルの仕事のしすぎで、高校の出席日数足りなかったのよね」

結果、三年生を二回することになってしまったという。

「え、いいじゃん。修学旅行二回行けるってことじゃん？」

詩音が目を輝かせている。

「嫌よ、なんでひとり年上が交じって旅行なんか行かなきゃいけないのよ。それに、私、一回目だって仕事で行ってないし」

「うそ！　めっちゃもったいない！　うちが代わりに行きたかった～！」

詩音は心底羨《うらや》ましそうだ。

「うち、高校行ってないからさ」

「高校行ってない」。その言葉にオレはぎくりとするが、詩音の場合は「そもそも入学していない」という意味のようだ。

「まあ、勉強は小一時点でこりごりって感じだったから、中学もよく卒業したよって自分では思ってんだけどね」

「かはは」と笑う詩音。

(留年に中卒か)

オレは心の中でつぶやいた。ここにきて、みんなの事情みたいなのが見えてくるのは複雑な気分だった。オレたちは決して仲間ではない。お互い罪を暴《あば》き合い、裁き合う仲なのだ。

「新しい被告人の証拠探しは日の出までがタイムリミットになります」

外から帷の声がする。

そのタイムリミットでも罪人が決まらなかった場合、どうなるのだろうか。オレは怖くて訊《き》けなかった。

「とにかく証拠を探そう」

正吾が先頭きって家の中に入っていった。

「下着とか漁《あさ》んなしー？」

二葉が冗談めかして正吾の背中に投げかけた。

「…………」

正吾は無反応。

「え、ちょっと。マジでやめてよ。『フリ』じゃないからね」

睦美が正吾を追いかけて肩を掴《つか》んだ。

「え!? あ、いまのボクに言ったのか？ しないよ、そんなこと、失礼な」

正吾はそう答えたが、女子たちは疑念に満ちた顔をしている。

「しない！ しないって。でも、こっちも命かかってるから、怪しいと思ったら、下着の入ってるタンスだって、他の女子に言って探してもらうからな！」

確かに。オレたち男子が手を出しにくいところに決定的証拠を隠されている場合もありえる。正吾の主張は正当性があるように思えた。

「むしろ、あんたらに探されて困るようなとこに隠したりしないから。キモオタに下着触られるくらいなら潔《いさぎよ》く死を選んでやるわよ」

ハッキリと言い切る睦美。キモオタと言われて正吾はショックを受けている。そして、それはオレもだ。

「まあ、そういうところは、あーしたちが探すから」

二葉が軽い足取りで睦美が自室だと言うところに入っていく。

「きゃー、すごい！ これ、雑誌で見たことあるバッグだ！ あ、これもまだ発売されてないやつ！ この香水も限定品じゃん！」

いったい何を探しにいったのか。二葉はモデル睦美の私生活を覗《のぞ》いてはしゃいでいる。

「ボクたちも手分けして探そう」

正吾にそう促されて、オレは一階を中心に捜索することにした。

「ちょっと、匂い、きついね」

そばで参也が鼻をつまんでいる。言われてみれば、入ったときはかぐわしい香りくらいに思っていた匂いが、部屋の奥に行けば行くほど、きつくなっていく。

「トイレかな？」

女子の、しかも、モデルをするような特別な女子のトイレに入っていいものかオレは悩んだ。しかし、小学生の参也は迷わずドアを開ける。

「うわっ！　くさい！」

むわっと甘ったるい空気がトイレから流れ出る。オレも参也に続きトイレを覗いてみる。そこにはとんでもない量のアロマポッドが置いてあった。

「これ、置きすぎだよね？」

「たぶんな」

アロマなんてものに縁のないオレだったが、さすがにこれが普通じゃない量なのはわかる。

「きっと隠したいんだよ、臭いを」

参也がすっとトイレを出た。鼻が限界にきたのかもしれない。オレも出てトイレのドアを閉める。

「臭いってなんの？」

「吐いたときの臭いじゃないかな？」

参也がさっき発見した睦美の手にあるでっぱり。詩音《しおん》はそれを「吐きだこ」だと言っていた。過食症のひとは食べては吐き、食べては吐きを繰り返すことがあるという。

「詳しいな、参也」

「うちのおとうさん、お医者さんなんだよね」

少しだけ自慢げに参也が胸を張る。またしてもメンバーの素性を知ってしまった。ただ、参也が無邪気ながらも時に冷静なのは、父親譲りの賢さからくるものなのかもしれない。

（オレはとうさんから何を受け継いでるんだろうか）

ふと、自分のことを考える。物心ついたときには、オレはかあさんとふたりきりだった。父親の顔も名前も知らないし、知ろうと思ったこともない。

――あなたみたいに自分よりも他人が気になるひとだったかな。

一度だけ「どんなひとだったの？」とかあさんに聞いたときに返ってきた言葉だ。自分より他人を優先するひとだったということだろうか。自分がそんな性格だと感じたことなど一度もない。かあさんがオレのことをちゃんと見ていないんじゃないかと心配に思ったことを覚えている。

「ねえ、瑛人《えいと》。瑛人ってば！」

参也に呼ばれて、我に返る。また余計なことを考えてしまっていたようだ。

「ご、ごめん。次はどこ探す？」

いつの間にか、オレと参也はコンビになっていた。二葉と詩音は二階だし、正吾は単独行動をしている。

「今度はお風呂場かな」

「え？　ふ、風呂!?」

「うん。トイレは探したから、次はお風呂。なんか変？」

「い、いや、べ、別に変じゃないけど……」

ひとり取り乱すオレ。やましい思いがあるからみたいで恥ずかしい。

「ちょっと気になることがあるんだよね」

参也はそう言うと、オレを置いてさっさと行ってしまった。

「ちょ、ちょっと待ってくれよ」

これでは、どちらが年上かわからない。

「やっぱり」

お風呂場の手前にある脱衣所で参也はそうつぶやいた。

「何がやっぱりなんだよ？」

オレには何がなんだかわからない。モデルの家のお風呂がどんな特別なものか、少し興味はあったが、ごくごく普通のものだった。

「鏡がないんだよ」

「鏡？」

オレは脱衣所をキョロキョロと見回す。確かに、洗面台はあるが、そこにあるはずの鏡がない。しかし、元々そういう設計だったわけではないようだ。壁の四隅に何かを取り外した痕《あと》が残っていた。

「一応、お風呂場の中も見てみようか」

参也はそう言って浴槽のあるほうを覗《のぞ》く。

「やっぱりなかった」

モデルの家に「鏡」がない。これは立派に異常な状況と言えるのではないだろうか。普通の人間以上に自分がどう見えるか気にしなければいけない職業のはずだ。鏡を見ずに生活するメリットがオレにはどう考えても思いつかなかった。

「たぶんだけど、体重計もないよ」

参也が脱衣所のあちこちを探してから言った。オレのいまの家でも体重計は脱衣所に置いてある。なるべく裸に近い状態で量りたいからだ。

「睦美おねえちゃん、かわいそうだね」

「かわいそう？」

どういう意味で参也がその言葉を使ったのか、わからなかった。

しかし、モデルが自分の姿も体重も視界に入れないようにしているということには、並々ならぬ覚悟を、いや、異常性を感じた。

午前三時。

日の出まであまり時間がない。オレたちは、睦美だけ二階の自室に残し、一旦他のメンバーで情報共有をすることにした。

「え？　鏡と体重計がないの？」

「ウソだろ？　モデル様だぜ？」

二葉と詩音が驚いている。しかし、二階の部屋でも確かに小さなメイク用ミラーすら見なかったと教えてくれた。

「あんな美人が自分の容姿にコンプレックスがあるとは思えないけどな」

正吾がつぶやく。

「おまえだったらわかるけどな」

詩音が悪態をつく。

「なんだと!?」

「やんのか、コラ！」

また始まった。仲間ではないけれど、仲間割れはやめてほしい。オレたちは、理不尽なゲームに巻き込まれた「同士」ではあるのだから。

「他にもないものがあるような気がするんだ」

オレはひとつの違和感をみなに告白した。

「睦美……さんが出てる雑誌がないんだ」

「そういえば」と二葉が同意する。

「ムツミンってば、めちゃくちゃいろんな雑誌で活躍してるはずなのに、そういえば一冊も見てない」

「モデルって、そういうの嫌うもんなの？」

正吾が首を傾《かし》げている。そんな特殊な職業のひとの気持ちなんてわからない。でも、やはり自分の「がんばり」の成果をどこにも置いていないというのは変な感じがオレにはしていた。

「ちょっと、外探してみる」

五人全員で家の中は探し尽くした。あとは、庭などの屋外だ。

「ヤバいって、あのホネホネきちゃうって」

二葉が心配してくれる。少し嬉《うれ》しい。が、大丈夫なのだ。

「帷は、屍は二十四時になると山に帰るって言ってた。それを信じるなら、この時間はヘヴンズハウスの中に屍はいないはずだ」

そう。そして、睦美はきっとそのことを知る前に「証拠」を隠したのだ。

正確には、「夜は屍が徘徊《はいかい》する」という「事実」を知ったあとで、「二十四時には山に帰る」という「新情報」を知る前。

だから、睦美は証拠を屋外に隠せば、屍が徘徊する中、誰も探しになど行かないと判断したのかもしれない。

オレは念のためそっと玄関を開ける。

「大丈夫？」

参也が背後でささやく。

「大丈夫みたい。何かが動いてる感じはしない」

オレは二葉に借りたスマホを懐中電灯代わりにして外に出る。ぐるりと家の壁伝いに裏にまわると、そこにはこぢんまりした庭があった。

みかんだろうか。小さな柑橘《かんきつ》類がなった木が一本。丸いテーブルと二脚の椅子。どちらもおしゃれな作りだったが、長いこと使った形跡がなかった。

庭の奥をスマホのライトで照らす。

「あった！」

隅のほうに積まれた雑誌の束。いちばん上に見えるのは、もちろん睦美が表紙の雑誌だ。華やかできらびやか。やはり、彼女が違う世界の住人であることを実感する。

オレは、スマホをポケットに入れると、その束を両手で抱えて家の中に戻った。

「これ、ファッション誌じゃないけど」

束ねているひもをほどくと、ファッション誌の間から、「いかにも」なゴシップ誌が出てきた。芸能人の不倫や不祥事がメイン記事の下世話なやつ。

「このMって、ムツミンのことじゃない？」

パラパラとそのゴシップ誌を眺めていた二葉がある記事を見つけた。

【モデル界の闇　マウントの取り合いで失われた命】

見出しにはそうあった。その横に載っている写真は、目の部分こそ黒く隠されているがよく見れば奥城睦美とすぐにわかるものだった。

「元モデルのSが都内某所のマンションで遺体となって発見された。死因は……、『餓死』……!?」

読みあげる二葉の声に驚きが混じる。オレたちも同感だ。フードロスとか言われるこの時代に餓死なんかで死ぬひとがいるのか。

二葉は続けて記事を読みあげる。

「その部屋には『遺書』が残されており、そこにはかつての事務所仲間だったMから『デブ』と執拗《しつよう》に罵られたことが原因で死を選んだと記されてあった」

そんな。いくら「デブ」と言われたからって、食べることを拒否してまで死を選ぶなんて。しかも、その記事に載っていた「S」さんはとても「デブ」と評することなどできないスリムな見た目をしていた。

「Mの発言で、Sは自信を失い精神を病み、仕事も失った。そして、最後には自らの命も失ってしまった……」

二葉が記事を最後まで読みあげたあと、その場にいた全員が言葉を失ってしまった。

「ムツミン、ひどくない？」

吐き捨てる二葉の声に、怒りがにじんでいた。

「これ、なんだろ？」

雑誌の束に挟まれていたのか、カラフルな装飾の「板」のようなものが床に落ちていた。

「雑誌の付録じゃない？　あ、スタンドミラーだ」

「板」らしきものを開くと、そこには鏡が現れた。

「このゴシップ誌は明らかな証拠だとして、この鏡でムツミンを映したらどうなるかな？」

企《たくら》むような笑みを浮かべ二葉が言った。

「ゴーゴンじゃあるまいし」

「ゴーゴンって？」

「目を見ると石になっちゃう神話の魔物だよ。鏡で自分の目を見させて逆に石にしちゃうって話があるんだ」

「へえ」

そんな話をしている場合ではない。時間は五時。この世界の日の出が正確に何時かはわからないが、タイムアップが迫っていることは確かだ。

「ムツミーン。証拠見つかったよ～」

いまから断罪しようとしている相手をよくあだ名で呼べるな。オレは呆《あき》れつつも感心しながら、二葉たちの後に続いた。

しかし、睦美は二階にはいない。一階に戻るとキッチンから奇妙な音が聞こえた。

「もが。もぐ。もがもが、もぐ。ぐえ。ぐちゅ、ぐちゃぐちゅぐちゅ」

睦美だ。何かを食べているようだ、しかし、とてもあの睦美から発せられている音とは思えない汚らしい咀嚼《そしゃく》音がキッチンに響いている。

「え⁉　さっき冷蔵庫は隅から隅まで探したけど、まともな食べ物なんか入ってなかったよ」

二葉が驚いている。しかし、オレたちはその後《ご》、睦美を見てさらに驚いた。

睦美は「まともな食べ物」は食べていなかった。バターの塊や生肉、生卵。皮のついたままのじゃがいもやにんじんを両手に掴んで、次から次へ口へと運んでいた。

「はあ、ぐちゃ！　もう、もぐ。バレちゃったじゃない！　ぐもっ！　ぐえっ。もぐっ」

喋《しゃべ》りながらも、食べるのをやめようとしない。睦美の口のまわりは肉汁や油や野菜の汁でぐちゃぐちゃになっている。オレは思わず目を背けた。とてもじゃないが、見てられない。

「ねえ、ムツミン、これ見てよ」

てっきり証拠のゴシップ誌の記事を見せるのかと思っていた。しかし、二葉が両手に持っていたのは、さきほどの付録の鏡だった。

「や、やめて！　見せないで！　こんな醜い私を見せないで！」

口からさまざまな食材の欠片《かけら》を飛ばしながら睦美は叫んだ。まさにその姿こそ「暴食」と表現するにふさわしいような気がした。

「おえっ！」

鏡を見た次の瞬間、睦美はすべてを放り出して、キッチンのシンクに上半身を突っ込んだ。口にも深々と手を突っ込んだ状態で。

「もしかして吐いてる……？」

二葉の疑問は的中。睦美はシンクに頭を突っ込んで、必死に「オエオエ」とさきほど食べたものをすべて吐き出そうとしていた。

「ぐえっ！　で、出ない。ど、どうして？」

吐きたいのに、吐けない。その苦しみに、睦美は戸惑い、混乱していた。その切長の瞳からは、ポタポタと涙が流れた。

「く、苦しい。痩せたい。吐かないと。デブになる。オエっ！」

涙をダラダラ流しながら、どんどん口の中に手を深く突っ込んでいく睦美。それ以上手を入れたら口が完全に塞がってしまう。

「もうやめろ！」

真っ先に止めたのは詩音だった。睦美の身体を掴んでシンクから引き剥《は》がそうとする。

「やめて！　止めないで！」

しかし、正吾を持ちあげるほどの詩音の怪力を振り払い、再びシンクに突っ伏す睦美。次はオレと正吾がふたりがかりで取り押さえるが、これまたものすごい力で吹き飛ばされてしまった。

あの細い身体のどこにそんな力が、と思うが、もう睦美は正常ではなかった。

「ぐえっ！　ぐえっ！　ぐうぅぅえぇぇえっ！」

もう手首まですっぽり口に入っている。断末魔のような叫びをあげたあと、睦美の首がだらんと力なくシンクに落ちた。「ボゴン」と間の抜けた音が響いたあと、キッチンは静寂に包まれた。

「ギュウウゥゥゥゥウウウウィィィイイイン！」

突如シンクから聞いたことのないようなモーター音がした。

「なんだ、この音⁉」

思わず身構える。

「これ、ディスポーザーの音だよ」

「ディスポーザー？」

「生ごみとかを砕いてくれるやつ。普通ついてるでしょ？」

参也の家では普通かもしれないが、少なくともオレはいま初めて知った。

その生ごみを砕く「ディスポーザー」というやつが睦美の長い黒髪を巻き取り始めた。そのあとは一気だった。

「ギュウンギュウンガリガリガリガリガリガガガガギュウウウン！」

ものすごい勢いで睦美が頭からディスポーザーに吸い込まれていく。物理的にそんなことありえないはずなのに、まるでCGでも見ているかのように、睦美の身体はみるみる小さくなっていった。

一言も発するひまもなく、つまさきがシンクから消えたあと、「ドプン」と嫌な音と共に、ディスポーザーから赤黒い血が湧き出してきた。

睦美と逆で、オレたちは吐かないようにするのに必死だった。口を押さえ、誰も言葉を発しなかった。

「いっしょにランウェイ歩くって約束したのに」

初めて聞く声に、オレはびくりと顔を上げた。声のしたほうにあったのは、二葉が持ってきた鏡。その中に見たことのない少女がいた。

いや、見たことはある。それもついさっき、雑誌の中で。彼女は元モデルのSだ。

そう気づいた瞬間には鏡の中の少女は消えていた。見間違いだったのか。いや、この世界ならこれもまたありえる現象かもしれない。

「みなさん。長い長い二日目、お疲れさまでした」

外から帷の声が響く。窓の外を見るとうっすら明るくなっている。夜明けだ。太陽の見えないこの世界で夜明けを感じることになるとは。

オレたちはまたものそりのそりと、まるで夜徘徊する屍たちのような動きで【奥城】家を後にした。
残り五日。残り五人。

眠れない。初日の夜は泥のように眠ってしまったのと打って変わって、今日は全然眠れなかった。

「昼間に寝るのなんて全然平気になったと思ったのにな」

最近の自分の生活スタイルを思い返す。

「まあ、こんな状態で普通に寝れるほうがおかしいか」

そう、もうふたり死んだのだ。しかも想像を絶するようなありえない死に方で。思い出すだけで、胃液が喉の奥までせりあがってきそうになる。

慌てて頭を振って、あの凄《すさ》まじい光景を脳から追い出そうとする。しかし、脳裏に焼き付けられてしまったのか、何度頭を振っても消えてくれない。

オレはベッドから降りてトイレに駆け込んだ。

トイレの中に、かあさんが作ってくれたチキンライス「だったもの」が流れていく。

同時にオレの中から人間らしい何かも流れ出てしまったかのような感覚に陥る。

「オエ」

嗚咽《おえつ》と共に、睦美《むつみ》の最期を思い出し、また吐いてしまう。

「みなさん、よく眠れましたか？」

外から帷《とばり》の声が聞こえた。

「眠れるわけねーだろ」

口元を拭きながら、オレは文句を言った。

「三日目の罪は『怠惰』です。昨夜は二度の『議論』と『裁判』、そして『断罪』お疲れさまでした。今日はスムーズに決まるといいですね」

「議論」「裁判」そして「断罪」。それらの言葉は、あまりに重々しくて、オレたちがこれまでしてきたことの重大さを、頭に浮かべた漢字で実感してしまう。

外に出ると、正吾《しょうご》と二葉《ふたば》は先に来ていた。ふたりともあくびをしている。遅れて、これまた目をこすりながら、参也《みつや》。そして、最後に詩音《しおん》が現れた。

「やっぱり眠れないよな？」

オレがそう声をかけると、みなこくりと頷《うなず》いた。よかった。オレだけじゃなかった。みな、苦しんでいるんだ。

「朝まで起きてりゃ、そりゃ眠たくもなるよな」

「睡眠不足はお肌に悪いのにな〜」

「僕、親から八時間は寝なさいって言われてるのに」

オレは耳を疑った。みなはシンプルに睡眠時間が少ないから眠たいと言っているのだ。オレみたいに罪の意識で一睡もできなかったというわけではなさそうだ。

苦しみを共有できたと思ったのは間違いだった。オレは、がくりと肩を落とした。

「今日の罪は『タイダ』だって」

「議論」の口火を切ったのは二葉だ。

「そもそも『タイダ』ってどういう意味？」

「怠け者ってことだよ、二葉おねえちゃん」

参也がすぐさま答える。

「怠け者ね〜」

二葉が口に人差し指を当てて、オレたちを見回す。

「てか、気になってたんだけどさ〜。モデルのムツミンはおいといて、なんでエイトンやシオリンは私服なの？」

「エイトン？」

まずその呼び方が気になっておうむ返しをしてしまう。しかし、すぐにオレは「ヤバい」と思った。私服のことに触れられたら「あのこと」がバレてしまう。

「だから、うちは学校行ってないって言ってんだろーが」

不機嫌そうにシオリンこと詩音が吐き捨てる。

「あー、ごめ～ん。そんなこと言ってたっけ～」

まったく気持ちのこもっていない「ごめ～ん」。詩音でなくてもイラついてしまうやつだ。

「じゃあ、エイトンは？」

詩音がさっさと私服の理由を説明したせいで、矛先がオレに向いてしまう。

(ヤバい)

鼓動が速くなる。手のひらにじとっと汗がにじむ。

「オ、オ、オレ？」

舌がうまくまわらない。

「うん。だって、あーしたちが連れてこられたのって、現実世界のほうだと学校行ってる時間じゃない？」

やはりそこに気づいていたか。見た目の割に鋭い二葉に対し、オレは心の中で舌打ちをした。

「昼休みに購買にパン買いにいったらいきなり『逮捕』とか言われるから、マジびびったけど」

「ボクなんか学校のトイレだぞ。めちゃくちゃ焦《あせ》ったよ」

「僕は給食食べてるときでした」

二葉と正吾と参也は、みな学校にいたときに「屍《しかばね》」の刑事に連行されたと語る。おそらく最初に死んだ創《はじめ》も学校にいたときだろう。あいつも確か制服姿だった。

「オ、オレはその日体調悪くて……」

ウソではない。ここ最近、学校に行こうとすると、頭かお腹《なか》が痛くなるのは確かだ。かあさんにもそう言っていた。しかし、かあさんが仕事に出てしまうと、この痛みはウソのようになくなってしまう。だから、ウソとも言える。

「へえ〜、そうなんだ〜。あーし、てっきりエイトンは、学校サボってる怠け者なんかな〜って」

ニヤニヤしながら二葉がオレの顔を舐《な》め回すように見る。正吾と詩音の視線もオレに向いている。

(やめてくれ！　そんな目でオレを見ないでくれ)

心の中で懇願する。その憐《あわ》れむような、蔑《さげす》むような、そんな視線でオレを見ないでくれ。オレは悪くない。学校に行かないことは罪じゃない。

――誰が学費を払ってると思ってんだ！　この盗人《ぬすっと》学生が！

「あいつ」の声が頭に響く。大嫌いな「あいつ」の声。かあさんに紹介されたときからオレは「あいつ」のことが嫌いだった。偉そうで、口が悪くて、目つきも悪い。そんなやつをかあさんは気に入っているみたいだった。それがまた「あいつ」を嫌いにさせた。

しかし、いまは「あいつ」のことなど考えたくもなかった。まずは、「不登校」イコール「怠惰」と思われないように、この場の空気を変えなきゃいけない。

「し、詩音は、高校行かないで、何してんだ？」

最低だ。そう思いつつも、オレの口はオレの意思に反して最低なセリフを吐き続けた。

「普通、高校くらい行くだろ？　学校も行かないで毎日ぶらぶらしてるのって、怠惰って思われないか？」

やめろ、オレの口。自分が助かりたいからって、同じ私服姿の詩音に「罪」をなすりつけようなんて、最低の行為だ。

「は？　普通ってなんだよ？　うちらの町じゃ中卒で働いてるやつなんてごろごろいるっての」

詩音は、ジャージのポケットに両手を突っ込んで、オレを下から睨むように見上げてきた。その迫力に思わず、後退《あとずさ》りしてしまう。

「詩音おねえちゃん、もう働いてるの？　すごいね。大人《おとな》だね！」

参也がパチパチと拍手をして、詩音を称《たた》えた。

「へへ。そんな偉いもんじゃねーよ。普通だよ、普通」

そう言いながらもまんざらでもない顔をして、頭をかく詩音。そのくだけた表情に、オレはひどく心が痛んだ。

「ごめん。中卒をバカにしたわけじゃないんだ」

今度はオレの口は素直にオレの言うことを聞いてくれた。心からの謝罪の言葉がするりと出てくる。

「あ？　別に気にしてねえよ。だって、いまはそういう『ゲーム』をしてんだろ？」

そう言われて、ハッとする。オレよりもずっと詩音のほうが冷静だ。そうだ。この「罪セブン」は「議論」をして「被告人」を「多数決」で決めるゲーム。多数に自分が「罪人」だと思われないために、他人に罪をなすりつけることも、勝つために必要な「戦略」だ。

「すご〜い、やっぱり詩音おねえちゃんは大人だ」

参也が再び拍手をする。

「やめろって。ガキがお世辞とか言うんじゃねーよ」

ニヤニヤしながら、詩音は参也の頭をがしがしと撫《な》でた。

「ちょっと〜、はしゃがないでもらえる〜」

「そうだよ、まだ議論の最中だろ」

二葉と正吾が揃《そろ》って口を尖《とが》らせる。ギャルとオタクの息が合っている。なんだか不思議な光景だ。

しかし、同時にオレは孤立感を覚えた。嫌な感覚だ。学校に行かなくなってしばらく忘れていたこの感覚。ある日突然、オレだけ、周囲の人間と違う「何か」になってしまったかのような感覚。

「働いてるなら詩音は『怠惰』じゃないよな」

オレは慌てて、議論の輪の中に入ろうとした。

「じゃあ、やっぱりエイトンなんじゃな〜い？」

二葉がピンク色の爪でオレを指差す。

「不登校で、毎日昼まで寝て、みんなが塾とか行ってる時間に、悠々ゲームとかしてんだろ？」

正吾が近づいてくる。メガネの奥に見えるのは疑いの眼差《まなざ》し。

その通りだけど、そうじゃない。「そうじゃない」と言わないといけない。なのに、オレの口はもごもごするだけで、うまく言葉を発することができなかった。

「こいつ、怠けもんじゃなくない？」

詩音が正吾とオレの間に割って入ってきた。

「だって、こいつ、最初の中学生の家でも、おまえんちでも、モデル女の家でも、玄関入ったあと、みんなの靴、揃えたりしてたぜ」

見られているとは思わなかった。オレは小さい頃、かあさんに褒められたことがあってから靴を揃えることが癖みたいになっていた。

「それに、みんなで家探《やさが》ししたあとに、後片付けしてたのこいつだけだし」

どういうつもりだ、とオレは思った。さっき最低の発言で罪をなすりつけようとしたオレをまるで庇《かば》うかのように。詩音の意図がオレにはわからなかった。

「僕もそれ、気づいてたよ。瑛人《えいと》はすごくマメなひとなんだな〜って思った」

詩音に続いて参也もオレをフォローしてくれる。

「あ、ありがとう。ふたりとも」

オレは詩音と参也に対して頭を下げた。

「別に。学校に行ってないだけで怠け者にされるのは、うちも嫌だって思っただけだし」

「いや、オ、オレは本当に体調が悪かっただけで……」

かっこ悪い。この期《ご》に及んで、まだ不登校とバレたくない自分がいた。

「いいって、隠さなくても。なんか理由あんだろ？」

詩音はそう言って、オレの肩をぽんぽんと叩《たた》いた。

「う、うん……」

なんだか、涙が出そうだった。さきほどまでの孤立感はもう消えていた。左肩に感じる詩音の右手の体温がじんわりとオレの身体《からだ》を暖めてくれていた。

「だから〜、いちゃいちゃしないでくれる〜」

二葉が腕組みをして、呆れた顔をしている。

「「いちゃいちゃ!?」」

オレと詩音の声が揃ってしまう。

「ほら！　いちゃいちゃしてんじゃん」

二葉がため息をつく。

「くそっ。おまえも向こう側の人間かよ」

正吾がメガネの奥から憎しみに満ちた目で睨んでくる。

「だから、いちゃいちゃなんてしてねーって」

詩音がオレから離れ、二葉と正吾に詰め寄った。

(あ、赤い)

詩音の後ろ姿を見ていてオレは気づいてしまった。詩音の耳たぶが真っ赤になっていることに。

同時に、オレも頬が熱くなるのを感じた。

(何考えてんだ、こんなときに)

赤くなった頬を、オレは「ぱしん！」と両手で叩いた。「ぱしん！」「ぱしん！」何度も繰り返し叩いた。そう、まるで頬が赤いのは、叩きすぎたからだと思わせるために。

「何してんの、瑛人？」

横で参也が心配そうな顔をして見ている。

気づけば、二葉も正吾も、そして詩音も振り返ってオレのほうを見ている。

「いや、なんか気合入れないとな～って。はは……」

適当な言い訳をするも、みんなの視線は冷たい。

「あ～あ、なんか、もうどうでもよくなってきちゃった～」

二葉が背伸びをするように両腕を宙に投げ出すと、公園のブランコに腰をかけた。

「もう、誰でもよくない？『怠惰』ちゃん」

そう言うと「ぎっ」と音を立てて、ブランコを漕《こ》ぎだした。

「そういうわけにもいかないだろ。日没までに決めないと、全員が屁にやられちゃうんだぞ」

正吾の言う通りだ。しかし、二葉はますます勢いよくブランコを漕ぐ。

「じゃあ、ショウゴチンがなればいーじゃん」

「嫌だよ、なんでオレなんだよ」

「今度も『スイテイムザイ』ってやつになれるかもよ〜」

確かに、一度被告人になっても、証拠が見つからなければ「推定無罪」となって、逆に圧倒的有利な「権利」を得ることができる。正吾と睦美の一件から、このゲームに新たな攻略法があることがわかっている。

「まあ、それもあるか……って。それでも嫌だよ！　何度も家を探されるのは！」

途中まで真剣に悩んでいた正吾が「ノリツッコミ」を入れる。

「あはは。だよね〜」

二葉が笑って、さらにブランコを高く高く漕いだ。

「おい！　そんなに勢いつけたら、見えるって」

「え〜、何が〜」

またやっている。二葉と正吾の下着が見える見えない論争。オレはため息をつきつつ、顔を背けた。

「よし、決めた〜」

そう言うと、二葉はブランコから勢いよくジャンプした。

「だから、見えるって！」

そう言いながら、正吾の視線はしっかりと二葉のほうを向いていた。

「決めたって、何を？　二葉おねえちゃん」

「今回の被告人、あーしでいいよ～」

二葉はまるで写真を撮るかのように、ピースサインでポーズを決めた。

「はあ？　多数決もしてないのに、いいのかよ」

正吾が呆れたように言った。正吾だけではない。オレたち全員がその軽すぎる決定に、逆に怪しさを感じていた。

「じゃあ、多数決しようよ。はい、あーしが『怠惰』だと思うひと！」

二葉は元気よく右手を突きあげた。しかし、これには誰も続けない。

「え～、マジであーしでいいのに～」

二葉はニコニコして、挙げた右手を左右に振っている。

(もしかして、これも作戦か？)

被告人に、まさかの「立候補」をすることで、逆に多数決での勝利を狙う。二葉がどこまで考えてやっているのかわからないが、このままでは二葉「以外」で被告人を選ぶ流れになってしまいそうだ。

「うちは、あんた怪しいと思ってるよ」

詩音がすっと右手を挙げた。

「じゃあ、僕も～」

続いて参也も手を挙げた。

オレは手を挙げることを躊躇《ちゅうちょ》してしまった。ここで二葉に目をつけられて、万一「推定無罪」になったときに、新被告人として「指名」されてしまったらどうしようという思いが頭をかすめたのだ。

（本当に、オレってやつは）

周囲の目を気にしすぎる「キョロ充」。そのせいで学校に行かなくなったというのに、ここでもまた同じようなことをして「保身」に走っていた。情けなくて、俯《うつむ》いてしまう。

「じゃあ、決まりだ」

二葉の声にハッとして顔を上げる。

「あ、三本」

手が三本挙がっている。オレと正吾は挙げていないが、いまここにはもう五人しかいないのだ。三人が挙手すればそれで多数決は確定してしまう。

「それじゃあ、あーしのおうちにご招待するね～」

そう言うと、二葉は先に立って進もうとした。

「おい！　ちょっと待てよ」

正吾が二葉の手を掴《つか》んで引き止めた。

「いいのかよ、ほんとにこんな決め方で」

「え～、何そのイケメンムーブ。キモいんですけど」

「な、なんだよ！　そんな言い方ないだろ！」

「だからいいんだって、もう。なんかめんどくさくなっちゃったし～」

そう言うと、二葉は正吾の手を振り解《ほど》いて、スキップするように公園を出ていった。

詩音と参也がそれに続く。

オレは立ちすくむ正吾の背を「行こう」と叩いてやることしかできなかった。

「きったな!」

玄関を開けた瞬間、詩音《しおん》が顔をしかめた。しかし、その感想にオレも同感だった。

まず玄関に大量の靴が散乱しているのだ。ビーチサンダルとムートンブーツが同時に出ているという季節感がねじ曲がった玄関。

「これ、どこで靴脱げばいいの?」

参也《みつや》のド直球な質問にオレたちは「それな」と激しく同意した。

「え〜、そのまま上がってくれていいし」

二葉《ふたば》はそう言うと、本当に靴を脱がずに家の中に入っていった。

「え?　マジで!?」

オレはあまりに非常識なその行動に思わず引いてしまった。

「二葉おねえちゃんちは西洋風なんだね〜」

参也は楽しそうに靴のまま二葉の後に続いた。

「仕方ねーな」

詩音や正吾《しょうご》も諦めたように靴のまま上がる。

「え～、いいのかな～」

それでもオレは躊躇《ちゅうちょ》していた。ひと様のうちに土足で上がる。それはオレにとって犯してはいけないタブーのような気がして、その一歩を踏み出すのにずいぶんと勇気が必要だった。

「ほら、早く」

玄関でまごつくオレのところに詩音が戻ってきて、手を差し伸べた。

「え？」

その手の意味がわからず間抜けな声が出てしまう。

「は？　早くしろって」

詩音がさらにオレのほうに手を突き出してくる。

「あ、ああ」

オレがおずおずと手を伸ばすと、ぐっと掴《つか》まれ、玄関から引っ張りあげられた。

そのときオレの頭の中は、土足でひとの家に上がってしまった後悔より、詩音と手を繋《つな》いでしまった衝撃のほうが優《まさ》っていた。

――ほら、早く早く！

その衝撃に刺激されたのか、突然頭の中で小さい頃の「回想シーン」が流れだした。

オレの手を引いて先に行くのは、幼馴染《おさななじみ》だ。

――どこ行くんだよ⁉

――いいとこ！

行き先も告げられず家から引っ張り出されたオレは少し不機嫌気味に訊《き》いた。

幼馴染はそう繰り返すばかりで全然オレの質問に答えてくれない。

――着いたよ！

そこは、少し前まで雑木林があったところだった。オレと幼馴染もたまにかくれんぼや秘密基地ごっこと称して遊んでいた場所。「まよいの森」とふたりで呼んでいた。

――まよいの森がない⁉

大小さまざまな木々は一本もなくなり、目の前にはただの更地が広がっていた。初めてあの雑木林の実際の広さを感じる。

小学生的には迷えば「遭難」するのではないかと思うくらい広く感じたのだが、それは空を隠してしまうほどの木や葉のせいだったのだと気づいた。

だとしても、更地は十分な広さがあった。大きな家が、一、二、三……七つか八つは建ちそうだ。

――今度、ここにあたしんちが建つんだ。

オレと手を繋いだまま、幼馴染は嬉《うれ》しそうに言った。

——家？　ここに？

オレはショックだった。いろんなことが、だ。

ご近所さんだった幼馴染が引っ越してしまうことがショックだった。

オレんちと同じくらいの広さと古さのアパートに住んでいる幼馴染が急に新築一戸建てに住むというのもショックだった。

ふたりで遊んだ「まよいの森」がなくなってしまったのに、幼馴染がそれをちっとも哀しんでないのもショックだった。

「あのひと」の登場で、オレと幼馴染をとりまく環境がどんどん変わっていくことが、なによりショックだった。

——「あのひと」が買ってくれたの？

——もう！　ひとのおとうさんを「あのひと」って呼ばないでって言ったじゃん。

幼馴染が頬を膨らませる。

そんなことを言われても、オレには突然やってきた「あのひと」は幼馴染の父親とも思えなかったし、「おじさん」「おじちゃん」と呼んでいる他の友人の父親との距離感とも違っていた。

別世界から来たような、おしゃれで上品でスマートな男性。オレの周りにはいなかったタイプの大人《おとな》。

「あいつ」とも呼べないから、オレは「あのひと」と呼ぶしかなかったのだ。

――だって、挨拶《あいさつ》くらいしかしてないし。

そう言い訳をして、オレはそっと幼馴染から手を離した。なんだか右手に感じる幼馴染の体温が急に気持ち悪く感じたのだ。

――まさか、ここ全部、おまえんちになるわけじゃないよな？

そうだとしたら大豪邸だが、「あのひと」はそのくらいのお金は持っていそうな雰囲気をしていた。

――そんなわけないじゃん。

幼馴染は笑って否定する。そして、この土地には七つの家が建つ予定なのだと教えてくれる。さきほどオレが予想したのとほぼ同じだ。少しホッとする。

――南側のいちばん奥に建つのがあたしたちの家になるの。

幼馴染の視線は更地の奥へと注がれていた。きっと彼女には、そこに建っている家のイメージが見えているのだろう。キラキラした目をしていた。

――そんなにうれしい？

オレはわかっていてそんなことを聞いた。

――うれしいに決まってるじゃん。だって、うちのおかあさん、毎日「あなたが大きくなるにつれて家がどんどん小さくなるわね～」ってぼやいてるから。

――ははっ。相変わらずおばさんのマネ、うめーな。

オレは幼馴染の「モノマネ」が好きだった。耳がいいのか、発声法にコツがあるのか、幼馴染はひとの声マネをするのがとても上手だった。

――瑛人のおかあさんのマネもできるよ。

そう言って、深呼吸をひとつすると、「瑛人！　宿題はやったの？」と腰に手を当てて言った。

――うちのかあさん、そんなこと言わねーし。

でも、声はそっくりだった。本当にかあさんに叱られたのかと、一瞬心臓がきゅっとなるくらい似ていた。

その後、学校の先生や、クラスメートのモノマネも幼馴染は披露してくれた。

――ほんと、その特技すごいな。将来はモノマネタレントにでもなんの？

――なんないよ。でも、声優はちょっと興味あるかな～。

幼馴染はそう言うと、「行こう」とまたオレの手を掴んだ。

しかし、オレはその手を振り解《ほど》いて言った。

――あのさ、オレたちが宝物隠してた木も切られちゃったんだよな？

秘密基地ごっこをしているときに見つけた大きな「うろ」がある木。元は鳥の家族でも住んでいたかのようなその空間に、オレたちはお互いの宝物を隠していた。
――宝物を隠してた木？
幼馴染は忘れてしまっているようだ。オレの「ショック」がまたひとつ増えた。
――宝物って言っても、小さいときのおもちゃとか、お菓子とかでしょ？
まるでそれらにはもう価値などないと言われた気がしてオレは哀《かな》しくなった。
――そんな顔しないでよ。秘密基地だって、ただの遊びでしょ。
幼馴染はそう言うと先に駆けていってしまった。オレの手は引かず、ひとりで先に。
「ただの遊びか……」
口からため息と共にそうこぼれた。
「は？　まだそんなつもりでいたのか？　ひとが死んでんのに？」
耳に詩音の声がして、はっと我に返る。
「ご、ごめん。そんなつもりじゃなくて」
慌てて言い訳しつつも、じゃあどんなつもりだったんだと言われると説明できない。
昔のことを思い出してましたなんて、いまのこの状況で言えるわけがない。
オレは詩音と共に家の奥のほうを目指した。
「目指した」と表現したのは、本当に目指さないと、その方向に進めなかったからだ。
廊下にはパンパンになったゴミ袋がいくつも放置され、床にはその袋に入りきらなかったのであろうゴミが散乱し、それを避《よ》けて歩くのは至難の技だった。

「ゴミ屋敷ってこういうの言うんだろうな」

前を歩く詩音が振り返らずに言った。

「かもね」

そうオレは曖昧《あいまい》に答えた。ここまでひどくはないが、オレの部屋もそこそこ散らかっているからだ。テーブルには飲みかけのペットボトル。床には洗濯していない服。ベッドの上には読みかけの漫画。スマホやゲームの充電器のケーブルが絡まってよく足をとられる。

そんな部屋に住んでいる自分が、安易にひとの家をゴミ屋敷と称していいのかという疑問があった。

「二葉んちの家族は、心とか頭も散らかってんだろうな〜」

急にしんみりした声で詩音が言った。

「え？　いまなんて？」

「だから。家が散らかってるってことは、それを整理する余裕がないくらい、心や頭が散らかってるってことだろ？」

考えてもみないことだった。そう言われれば、オレも昔は整理整頓が嫌いではなかった。漫画は巻数順に並べていたし、脱いだ服だってきちんと畳んでいた。そうするとかあさんが褒めてくれたからだ。

(いつからだろう。かあさんに褒めてもらえなくなったのは)

それどころか、最近はかあさんにため息をつかれることのほうが増えてしまった。

——あなたって子は……。

何度聞いたであろうそのため息まじりのセリフのあとに続く言葉を、オレは聞くことができなかった。

それを聞いてしまったら、本当にかあさんとの関係が壊れてしまうと思ったから。

「詩音はいろいろ考えてるんだな」

「あ？　中卒でジャージのヤンキーはみんな脳みそまで筋肉ですってか？」

ここで初めて振り返り睨《にら》みつけてくる詩音。

「そ、そんなこと言ってないって！　素直に感心しただけだって」

「そうなんか？　でも、だったら瑛人だっていろいろ考えてんじゃねーの？」

詩音がそういう風にオレのことを見ていたのが意外だった。

「よく考え事しててんじゃん。うちなんか頭より先に口だし、口より先に手が出ちゃうタイプだけどさ」

「なんだよ、やっぱり『脳筋』じゃないか」

オレはつい吹き出してしまった。ヤバい、今度こそ殴られる、とオレは両手でガードを固めた。

「ぶはっ！　ほんとにな！」

詩音は殴りかかってはこなかった。愉快そうに笑って、再びゴミを避けながら家の奥を目指した。

「つか、睦美《むつみ》んちとはまた違った意味でくせーな」

睦美の家の甘いアロマのにおいとは違い、酸っぱいようなにおいが二葉の家にはただよっていた。

やっとのことで、オレたちは開けた場所に着いた。リビングだ。さすがにここはまだ床が見える。それでも散らかっていることに変わりはなかったが。

二葉や参也や正吾は先に辿《たど》り着いていた。

「どうした？　捜索はしねーのか？」

「う〜ん、したいんだけど、まずはこのゴミをどうにかしないとかな〜って」

詩音の質問に参也が答える。

「『証拠』がこのゴミの中ってなると、時間までに探しきれるかどうかだよな」

正吾が腕組みをして言った。

確かに、玄関からここまで来るだけでもものすごい量のゴミだった。もし、二葉がこの家中散乱しているであろうゴミの中に「証拠」を隠したとしたら。しかも、その証拠がゴミと区別がつかないようなものだったら。想像するだけで気が遠くなりそうだった。

「ここがゴミ屋敷ってことが『怠惰』の証拠なんじゃねーの？」

詩音が言うと、二葉が反論した。

「散らかすのが罪ってどうよ？　それに、この家散らかしてんの、あーしだけじゃねーし」

確かに、このゴミの量は二葉ひとりで出せるものではない。家族みんなでこのゴミ屋敷を作っているということは、二葉ひとりの罪になるとは考えにくい。

「じゃあ、散らかしている以外に『怠惰』の罪があるってことだね」

参也は何かに気づいているようだった。

「ちょっと、いいかな」

参也が二葉以外の三人を手招きした。オレたちは、ゴミを避けながら別の部屋へ移動した。寝室だろうか。ベッドはあるが、ここも床にはスーツケースが開けたまま放置してあったり、丸まった布団やシーツが無造作に部屋の隅に放り投げられていた。

「なんだよ？　小学生」

部屋に入るなり、正吾はベッドに腰掛け偉そうに言った。どうやら、子どもの参也が何かに気づいたのも、指示されるのも気に食わないようだ。

「うん、三人にお願いがあって」

参也は声をひそめて話しはじめた。二葉に聞こえないようにだろう。

「詩音おねえちゃんは、余計にあるものを探してほしいんだ」

「余計にあるもの？」

「そう。あ、でもあちこちにあるゴミって意味じゃないよ。たとえば、そうだな。ひとつあれば足りるのに、もうひとつ余分にあるものとか」

「あん？　ちょっと言ってる意味がよくわかんねーな」

詩音が首を傾《かし》げている。

「たぶん探せばわかるし、きっとあると思うんだ」

参也には自信があるようだった。

「瑛人は、あるはずなのにないものを探して」

「あるのに、ない？」

「おい、小学生！　なぞなぞやってんじゃないんだぞ！」

正吾が横から怒鳴る。

「普通ならあるはずなのに、見当たらないもの。『モノ自体』は見つからなくていいから、瑛人がないと思ったものを教えてよ」

「わかったけど、それ、すごくむずくないか？」

「大丈夫。瑛人ならすぐわかると思うから」

参也の言葉には不思議な説得力があった。本人が自信満々だからだろうか。だとしても、小学生の閃《ひらめ》きと自信にここまで頼りがいがあるなんて。

「で、正吾おにいちゃんは、家中のゴミを開けていってほしいんだ」

「うおい！　なんでボクだけゴミ漁《あさ》りなんだよ!?」

「しー。大声出したら、二葉おねえちゃんに気づかれちゃう。まあ、でも、おそらくここからおねえちゃんが何かしてくることはないとは思うけどね」

参也にはまるで未来が見えているかのようだった。その落ち着きっぷりにオレは感心してしまっていた。

「あの可愛《かわい》い二葉おねえちゃんの私物とかたくさん出てくるかもよ」

参也はこっそり正吾に耳打ちしていたが、オレには聞こえてきた。なんてことを小学生が考えるんだ。

「そ、そうか？」

しかし、正吾はその言葉でやる気を出したようだ。

「仕方ないな〜。汚れ仕事はボクがしてあげるから、ふたりは、そのなぞなぞみたいなものを早く探してきてくれよ」

正吾はそう言うと、「まずは本人の部屋からだな」とリビングに戻って二葉に自室はどこか聞きにいった。

「キモっ！」

詩音が吐き捨てるように言って、部屋を出ていった。

「参也は、どうするんだ？」

オレたちに役割を与えた今回のリーダーはいったい何をするのだろうか。

「僕は、屍《しかばね》が入ってこないように戸締りをもう一度確認しておくよ」

それも重要な役目だが、この家の窓や戸はゴミに塞がれていて、とても屍が入ってこれる隙間などないような気がした。

まあいい。オレはオレのミッションに臨むまでだ。

オレは寝室を出て、「あるはずのないもの」を探して、ゴミを避けながら家の中の捜索を始めた。

「あるはずなのにないもの。あるはずなのにないもの。あるはずなのにナイモノ。アルハズナノニナイモノ……」

口に出して繰り返していたら、まるで呪文のように聞こえてきた。この呪文で、何かの扉が開いてしまいそうだ。

「ガチャ！」

その瞬間、真横のドアが勢いよく開いた。

「ぐはっ⁉」

オレはそのドア板に弾《はじ》き飛ばされ、ゴミ山の中に吹っ飛ばされてしまった。

「あ、ごめん。いたのか？」

中から詩音が出てきた。

「ゴミが邪魔で開かないと思って、力いっぱいやりすぎちまって」

言い訳しながら頭をぽりぽりとかいている。ドアがぶつかった右肩はまだ痛むが、怒る気になれなかった。

「大丈夫。ゴミがクッションになったから」

「臭いクッションだな」

「それな！」

そう言って、しばしオレと詩音は笑い合った。ここに連れてこられて、こんなに自然に笑みがこぼれる瞬間がくるなんて思わなかった。

「立てる？」

「ありがと」

またしても詩音が手を伸ばしてくれる。オレはその手を掴んで、身体《からだ》半分埋まっていたゴミの山から脱出した。

「見つかったか？　アルハズナノニナイモノ？」

詩音の口から聞いても呪文のようだ。

「いや、思いつきもしない。参也も何か気づいてるなら、ヒントでもくれればいいのに」

「あいつ賢そうだからなぁ。手の内全部は見せねータイプなんじゃね？」

詩音の言葉に妙に納得した。慶愛学園に通うような人間は頭の出来からしてオレたちとは違うのかもしれない。

「そっちは？」

いまだ収穫のないオレは詩音の発見に期待した。

「う〜ん、余計にあるものかどうかはわかんねぇけど、数が合わないものはあったな」

聞けば、食器棚に茶碗《ちゃわん》や箸《はし》は四セットあるのに、洗面台の歯ブラシは三本しかなかったり、と家族で使うであろうものの数が微妙に合ってないと言う。

「お客さま用とか、そういうこと？」

「わっかんね。うち、家に客とか来たりしねーし」

言われてみれば、オレんちだって、昔はわざわざ客用の食器なんて用意してなかった。「あいつ」がかあさんと付き合うようになってからだ、かあさんがいろんなものを「あいつ」用に揃《そろ》えて家に置いておくようになったのは。

「他の部屋も見てみるか」

オレが促すと、詩音は黙ってついてきた。

「ここは……書斎ってやつかな？」

「書斎」というものがどんなものかよく知らなかったが、壁一面に本棚が並んでいるからおそらくそうなのだろうと推察した。

「なんか、ここだけ、ごそっと空いてね？」

オレとは反対側の壁の本棚を調べていた詩音が言った。オレも振り返って確認する。

「ほんとだ。何か入ってたけど、あとから取ったって感じだ」

同じ棚の端にはアルバムが何冊か残っていた。

「お、これ、二葉の親父さんとおふくろさんじゃね？」

開けば、若々しいふたりの男女の仲睦《なかむつ》まじそうな写真があった。どことなく女性のほうは二葉に似ている。メイクの仕方など全然違うのに、面影があるのが不思議だった。

「結婚する前かな？」

「こっちは、結婚式だ」

詩音が二冊目を開くと、披露宴というやつだろうか。パーティーにて大勢に祝われているさきほどの男女がいた。タキシードとウエディングドレスに身を包んでいる。

「おまえんちって、写真とかわざわざプリントしてアルバムにする？」

「いいや？　デジカメとかスマホに撮ったままかな」

そう考えると二葉の両親は「マメ」な性格だったのではないかと思われる。そのふたりがいて、どうしてこの家はここまでゴミだらけになってしまったのか。

「なんかきっかけがあったんだろうな～」

アルバムを本棚に戻しながら、詩音が独《ひと》りごちた。

「ああ！」

「お!?　なんだよ、急にでっけぇ声だすなよ」

驚かせたことを詫《わ》びながらも、オレは頭に降ってきた閃きが消えないうちに確認することにした。

書斎を出て参也を探す。参也は一階の廊下で床をがさごそやっていた。

「参也！」

「あ、瑛人。どうだった？　見つかった？　あるはずなのにないもの」

「ああ、たぶんだけど、『二葉の写真』がない。いや、正確には『二葉を含む家族写真』がないんだ、この家には」

思いついたことをそのまま口にしてみた。

「よくできました」

どっちが年上かわからない。しかし、参也の「正解」をもらえて、オレは少し嬉しくなっていた。

「おいおい、どういうことだよ。意味わかんねーよ」

追いついてきた詩音が、オレの肩を掴んで激しく前後に揺する。

「二葉にはおそらく兄妹《きょうだい》がいるんだ。いや、いたんだ」

オレは自分の推理に間違いがないか、頭で整理しながら言葉に変換した。

「たぶんお姉ちゃんだろうね」

参也がそう言いながら、床から古びたクマのぬいぐるみを拾いあげた。それも二体。まったく同じものに見える。汚れ方も、年季の入り方も含めて。

「さっき正吾おにいちゃんが見つけてきてくれたんだ」

その正吾はまだゴミ漁りをしているという。

「歳の離れた姉と妹なら、ぬいぐるみは共有するかお下がりをもらうよね。でも、まったく同じぬいぐるみが二体あるってことは、おそらくお姉ちゃんはお姉ちゃんでも双子だったたんじゃないかな」

「ああ、だからか！」

何かを思い出したかのように詩音が手を叩《たた》く。

「うおきんぐクローゼットっていうの？　その中に、同じ服が二着ずつあったんだよ」

なぜそれをさっき言わない。あと、「うおきんぐ」じゃなくて「ウォーキング」な。

「あーしが転売ヤーで、同じ服たくさん買って売りまくってるのかもしんないじゃん」

背後で突然声がしてびくりとする。

いつの間にか二葉が来ていた。その後ろには正吾もいる。

「いや、何度か着た感じだったし」

二葉の異論をばっさり切り捨てる詩音。

「あと、二階に一部屋鍵かかってて開かない部屋があったんだよね」

なぜそれもさっき言わない。というか、オレも二階を探しててその部屋に気づいていないのだから、ひとのことは言えないか。

「あそこ開けてよ」

「やーだしー」

二葉は二本の人差し指で「×」をつくる。

「じゃあ、勝手に開けるからいいや」

そう言うと詩音はざくざくとゴミの山をかきわけて、二階に向かっていった。オレたちは慌ててそのあとを追う。

「チャー、シュー……」

どこから持ってきたのか、詩音はその手にゴルフクラブを持って、大きく振りかぶっている。

「メーーーーン!!」

変な掛け声と共にゴルフクラブが振りおろされる。

「バッキッ!」

ドアノブのすぐ上あたりに命中。木製のドアに大きな凹《へこ》みができる。

「よっしゃ！　もういっちょ！　ワーン、ターン、メーン!!」

「バッキャッ!」

同じところに見事命中。ドアノブの上に大きな穴が開き、薄暗い部屋の中が見えている。

「よいっしょっと」

詩音は手を突っ込んで器用に中から鍵を開けた。

「わお、信じられない……」

さすがの参也も呆《あき》れている。

「さあ、たぶんこの中だろ？　決定的証拠ってのは」

詩音がドアを開けると、中から空気が噴き出してくる。しかし、この家全体に漂う酸っぱいような臭いではない。ほんの少し防虫剤のにおいはすれど、その部屋はきれいな空気に満たされていた。

それもそのはず。この部屋だけゴミ袋どころか、ほこりひとつ落ちていなかったからだ。

「なんで、ここだけすごいきれいなんだ!?」

正吾が覗《のぞ》き込んできて驚いている。

「ママが毎日三回は掃除してっからね」

部屋の外から成り行きをただ眺めていた二葉がぼそりと口を開いた。

「一葉《かずは》は、パパとママの自慢の娘だし」

二葉が自分のピンク色の髪の毛をくるくると指に巻きながら話しだした。

「小さい頃はなんでもいっしょ。あーしがピンクがいいって言っても一葉が赤って言えば、ふたりとも赤にされてた」

どうやら仲良し姉妹というわけではなかったようだ。

「その一葉ってひとはいま何してんの？」

正吾が振り返って二葉にたずねた。二葉は何も言わない。ただ、ピンクの髪の毛を指先で弄《もてあそ》んでいるだけ。

「これ、日記かな？」

参也がそれらしきものを見つけた。

「読んでいい？」

参也の質問にも二葉は何も答えなかった。

「うわっ、すごいびっしり書いてある！」

「ほんとだ。すげえ！　毎日、一ページって。うち、そんなに書くことないって」

「朝食べたものから、学校で何があったかまで、すごくわかりやすく書いてある」

その日記にオレたちは驚きと感心しかなかった。しかも、とても読みやすく美しい字で書いてあるのだ。

「すごいマメなひとだったんだね」

オレがそう感想を漏らすと、部屋の外から「ちっ」と舌打ちが聞こえた。二葉のものであることは間違いない。しかし彼女は、このままオレたちが日記を読み進めるのを止《と》めようとはしなかった。

「でも、なんかだんだん書いてあることがおかしくなってねーか？」

「ほんとだ。天気とかご飯とか、通学路で見た花の名前とか、そんなのが書かれなくなってるね」

二葉の姉である一葉の日記の前半にはともかく「きれい」「美味《おい》しい」「楽しい」など、ポジティブなワードにあふれていた。しかし、後半になるにつれ、それらの単語は減っていく。代わりに「もどかしい」「悩ましい」など、苦悩を表現する言葉が増えていく。

他にもよく出てくる言葉があった。「双子」、「妹」、そして「二葉」だ。

【なんで双子なのにこんなに似てないんだろう】

【妹は絶対私のことを嫌ってる】

【二葉が口をきいてくれない。私、何か気に障《さわ》ることしたのかな】

はじめはなんとなく二葉との不穏を気にしていた文章が、次第に具体的な悩みへと変化していく。

【別々の高校に行くようになって二葉がどんどん別人みたいになっていく】

【私が裏アカってやつでエッチな格好をしてるって噂《うわさ》が学校で流れてきた】

【先生に呼び出された。身に覚えがないと言っても信じてもらえなかった】

【きっと二葉だ。私はいい。我慢する。でもこんなことしてたら二葉が危険だ】

【今日、二葉を問い詰めた。すぐに裏アカのことは認めてくれた。でもそれだけだった】

【なんだか最近、学校帰りに誰かの視線を感じる。怖い。どうしよう】

【パパとママに相談した。警察に行った。でも、真剣に取り合ってくれなかった】

ここから何日間か日記が途絶えた。何かあったのだろうか。オレたちはすでに日記の中の「一葉」の日々に引き込まれてしまっていた。

【退院した。乱暴されたときの傷は二週間ほどで治ると言われた】

【傷はすっかりよくなった。でも、私の心はちっともよくならない】

【毎晩あのときの夢を見る。必死に抵抗してるのに『あんなエロアカつくってるくせに』と言われたときのこと】

【痛い。苦しい。つらい。死にたい】

詩音が日記から目を離した。これ以上は読んでいられないと思ったのだろう。オレもこれ以上はつらかった。

参也がひとり最後までページをめくっている。オレは小学生に何を読ませているのだろう。止めなくては。そう思った瞬間、参也はパタンと日記を閉じた。

「これが証拠でいいよね？」

二葉に向けた言葉だった。

「いいよー！」

二葉はこんな状況でも陽気にピースサインでポーズを決めている。

「なんで、こんなことしたんだよ？」

オレは聞かずにはいられなかった。実の姉を巻き込んでまですることだったのか。

「あーし、頭も悪いし、運動も嫌いだし。顔だって、双子なのに一葉と並ぶと下品とか言われるし。なーんも勝てなかったんだよね」

双子だからこそのコンプレックスということだろうか。

「『勝ちたい』って言ったら、パパもママも学校のセンセーも『がんばれ』しか言わないの。超ウザくない？　だって、がんばるのってめんどくさすぎだし」

わからなくはない。わからなくはない、が……。二葉は「でもね」と続ける。

「ネットの中だと、エロい格好するだけでみんな褒めてくれるんだよ。『いいね』だらけ。あ、こんなんでいいんだって。世の中、ラクショーじゃない？」

そんなことはない。この世の中はそんなに楽に生きられるようにできてない。その証拠に、二葉の姉は人違いでストーカーされて、遂には襲われて……。

でも、それをオレは言葉にして二葉にぶつけることができなかった。

(オレにそんな資格はない)

でも、ひとつだけ二葉に訊《き》かなきゃいけないことがあった。

「なんで、日記なんて、こんな大事な証拠をそのままにしてたんだ？　この部屋の鍵だってもしかしたら開けられたかもしれないだろ？　もっと厳重な場所に隠すとかできたろーよ？」

オレはなぜこのゲームにもっと抗《あらが》わなかったのかを訊《き》きたかった。しかし、二葉はきょとんとしている。

「え？　だって、めんどくさいし」

その直後だった。ウォーキングクローゼットのドアが勢いよく開いて、中から服が飛び出してきた。ワンピースに、ロングスカートに、スポーツウエア、着物もあった。どれもまったく同じものが二着ずつ。お揃いの服たちが二葉に襲い掛かる。

「きゃっ!!　何これ!?」

お揃いの服が二葉の頭からつま先まで全身に絡《から》みつく。すでに二葉の姿は見えない。オレたちの目の前にあるのはひとのカタチをした服の塊だった。その「塊」がまるで「雑巾」を絞るように「ぎゅううううう」と音を立てて捻《ひね》りあげられていく。「ぐえっ！」と中から二葉の悲痛な声が聞こえる。

「痛い！　苦しい！　つらい！」

偶然だろうか。双子だからだろうか。オレが読んだ一葉の日記の最後の一行と同じ言葉を二葉が叫んだ。しかし、双子だけれど、最期の一言は違っていた。

「やだっ！　死にたくない。死にたくないしー!!」

直後、「バキバキバキ」と何かが砕ける音がした。オレにはわかった。骨の音だ。お揃いの服たちがみるみる赤く染まっていく。そして、真っ赤になった「双子コーデ」の塊は再びクローゼットの中に吸い込まれていった。

床には二葉がさきほどまで着ていた制服がきれいに畳まれて置かれていた。『怠惰』

を断罪した痕跡にしては、なんとも皮肉な演出だった。

二葉の悲鳴が消えたあと、家の中は静寂と沈黙に包まれた。しばらくの間、オレたちはその場に立ち尽くしていた。

「自業自得だよ」

オレの横に立っていた参也がつぶやいた。その声はとても小学生のものとは思えない乾いたものだった。

「そんなこと言うなよ」

事実、そうだったとしても、それはオレたちが決めることではない気がした。

「最後のページだけどね……」

参也が手に持っている日記を掲げた。オレたちがつらくて読めなかったラストを参也だけが知っている。

「一葉おねえちゃんは、二葉おねえちゃんと約束したんだって。裏アカを消してくれたらなんでもする、なんでも言うことを聞くって。ゆびきりげんまんまでしたって。でも、いつまで経《た》っても二葉おねえちゃんは消してくれない。『どうして？』って聞いたら『めんどくさいから』って返ってきたって。絶望したって書いてあったよ」

オレは思い違いをしていた。二葉には姉の一葉に対して、コンプレックスも憎しみもきっとなかったのだ。あったのは、姉のように褒められたいけどめんどくさいという『怠惰』な本音のみ。

「それでも……、ひとが死んで自業自得なんて……」

小学生を前にして、オレは涙を流しそうになっていた。

「両方ともだよ」

そう言って参也はきれいに畳まれた二葉の制服の上に日記をそっと置くと、ひとり家を出ていった。時計を見ると二十四時をすでに回っている。

帷《とばり》からいつもの終了アナウンスはない。もう、三日目だからわかるだろ、ということだろうか。

もう三日。すなわち、あと四日。あと、四人。

ShikaBane-zE

反省の色

I can't go
back the same way.
Finally, smile
and laugh at me again.

夢を見ていた。

色のないモノクロの世界。普段はカラーの夢を見ることが多いオレにとっては珍しいことだった。

夢の中でオレは誰かと手を繋《つな》いでいた。

「こっちだよ」

手を引かれるままにオレはついていく。子どもの頃と同じだ。幼馴染《おさななじみ》に言われるがまま、連れていかれるがまま、オレはどこにでもついていった。

「嫌だ」

だが夢の中のオレは足をふんばり抵抗した。手も振り解《ほど》こうとするが、それはどうしてもできない。固く、強く握られているからだ。

「なんで？」

手を繋いでいる「誰か」は不思議そうに言った。声である程度の感情はわかるが、表情はよく見えない。黒い布を頭から深くかぶっているからだ。

「なんでって……なんでだろ？」

理由は答えられない。なんとなく嫌な感じがするとしか言えない。

「じゃあ、行こうよ」

オレの手を引く力が強くなる。とても女の子の力とは思えない。

「嫌だ！　なんかわかんないけど、嫌なんだって！」

腰を落とし、もっと力を入れて抵抗する。それでも、引きずられるようにオレの身体《からだ》は前へと進んでいく。

「そもそも、おまえ、誰なんだよ！」

そうたずねると、ふっと引っ張られる力がなくなった。

「え？　わかんないの？」

「わかんないよ、そんなマントみたいなのかぶってたら」

「ウソでしょ？」

「ウソじゃないよ。誰だよ、おまえ」

「そうか……わかんないか……」

そう言うと、少女はオレから手を離し、かぶっていたマントに手をかけた。脱ごうとしたその瞬間「ダメだ！」と、誰かが叫んだ。

オレの声だった。オレの夢の中で、オレに対して、オレが叫んでいる。わけがわからない。でも、その声で、オレはハッと目が覚めた。

目が覚めたら、そこは現実世界……とはなっていない。カーテンの隙間から漏れている外光は、赤紫をしている。

「モノクロのあとは、赤紫の世界か……」

ため息をついてベッドを降りる。

「みなさん、よく眠れましたか」

帷《とばり》のいつものアナウンスが聞こえる。もう聞き飽きた。しかし、これが聞けているということは、「まだ生きている」ということでもあるのだ。そう考えると、ありがたくも思えてくる。

「ゲームも今日で折り返し地点です。みなさんがんばってください」

誰に何をがんばれというのか。お互い敵同士のデスゲームを応援すること自体が狂っている。

「本日の罪は『色欲』です」

それを聞いて、オレの頭の中には即座にひとりの人物が浮かんだ。

公園に向かう。先に来ていた詩音《しおん》も参也《みつや》も同じことを考えていたようだ。

ふたりで正吾《しょうご》に詰め寄っていた。

「だから、違うってんなら家、探させて証拠が出なきゃいいだけの話だろーがよ」

「また『推定無罪』ってこともありえるかもよ？」

しかし、正吾は首を縦に振らない。

「なんで、ボクばっかり何度も疑われて、何度も捜索されないといけないのさ！　そんなの人権侵害だろ!?」

「こんなとこに人権なんかあるわけねーだろが」

詩音がごもっともな反論をしている。

「見せたくないってことは、それがすでに『自白』してるってことになるんじゃない？　正吾おにいちゃん」

かたやバイオレンスな熱血刑事。かたやクールな頭脳派刑事という感じだろうか。

詩音と参也の温度差のある「取り調べ」に、正吾はたじたじするばかりだ。

「わかった！　わかったよ！　でも、ひとつだけ条件がある」

人差し指を立てて、正吾が提案してきた。

「し、詩音は今回の捜索には参加させないでくれ」

「はあ？　何ふざけたこと言ってんだ、こらぁ！」

詩音が正吾の胸ぐらを掴《つか》む。

「だ、だってそうだろ？　ボクたち男にとってはあたりまえのことだって、女から見たら『エロい』『キモい』なんてよくあることじゃないか。そんなので罪人にされたらたまらないよ。なあ、瑛人《えいと》ならわかるだろ？」

そう言われると「違う」とも言いづらい。今回は罪が罪なだけに、男子と女子では判断が分かれることもあるかもしれない。

「そ、そうかも……」

「おい！　瑛人まで何ぬかしてんだ!?　男とか女とか、そんなん言ってる場合か？」

詩音が今度はオレの胸ぐらを掴んでくる。苦しい。でも、詩音の顔が近い。髪の毛からいい匂いがする。シャンプーだろうか。となると、昨日詩音はシャワーを浴びたということになる。

(ヤバい！　何エロい妄想してんだ、オレ！)

これじゃあ、オレが「色欲」みたいじゃないか。慌てて、詩音を引き剥《は》がし、距離をとる。

「まあまあまあ。おにいちゃんたちが言ってることは僕にはよくわからないけど、今回は詩音おねえちゃんがいなくても大丈夫だよ、きっと」

参也がここで仲裁に入る。これじゃあ誰が年上かわからない。

「大丈夫ってどういうことだよ？」

詩音は納得していない。

「詩音おねえちゃん、ちょっと耳かして」

詩音は腰を曲げて、参也の背の高さまで頭を下げた。

こしょこしょと何やら参也が耳打ちしている。

「わかった。そういうことなら、うちは自分ちで待ってる」

何を言われたのかわからないが、急に納得した表情で詩音は、公園を出て「自宅」へと向かった。

これまで気づかなかったが、詩音の家は南側の一棟だった。玄関に吸い込まれていく詩音の背中を見て、オレの心臓がズキンと痛んだ。

――南側のいちばん奥に建つのがあたしたちの家になるの。

幼馴染の声が聞こえた気がした。

「セブンズハウス」によく似たここ「ヘヴンズハウス」。南奥の一棟は幼馴染が住んでいた場所だ。外観も一度だけ見にいったあの家に似ている気がする。

「瑛人、どうかした？」

じっと詩音の家を見つめていたオレに参也が声をかけてきた。

「い、いや、なんでもない。行こうか、正吾の家に」

二度目の訪問。今度は「証拠」を見つけられるだろうか。

「その前に男だけで話したいことがあるんだけど」

正吾が薄ら笑いを浮かべながら、オレと参也に近づいてきた。

「いまここには男が三人、女がひとりだよな？」

「ああ。でも、それがなんだよ？」

正吾の言おうとしていることがわからない。

「三対一だよな？」

なるほど。正吾は詩音を孤立させようとしているのだ。

「男女で分けるならな」

オレは怒りを覚えていたが、努めて冷静に事実だけを答えた。

「ここでボクを推定無罪にしてくれれば、次は絶対にあの暴力女を指名するって約束するよ」

「ふざけるっ……」

正吾は小指を突き出してニヤニヤしている。

「いいよー！」

オレが言い終わる前に、参也が正吾の小指に自分の小指を絡《から》ませる。

「ゆびきりげんまん、ウソついたらハリセンボンのーます。指切った！」

参也が楽しそうに歌い、ここにひとつの約束が成立してしまった。

「おい！　参也！」

オレは怒鳴った。こんな卑劣な方法を許すことなんてできない。しかも、詩音をなんて。

「なんで？　結局は最後のひとりになるんだよ？」

参也は心の底から不思議という顔をしている。そこには邪気の欠片《かけら》もない。

「瑛人は、もう死んじゃったけど、これが睦美《むつみ》おねえちゃんや二葉《ふたば》おねえちゃんでもそんなに怒った？」

まっすぐな瞳で本音を見透かされた気分だった。そうだ。たぶん、詩音じゃなくても許しはしなかっただろうが、ここまで怒りを覚えたりはしなかっただろう。

(オレにとって詩音って……？)

理不尽にここに集められた七人のうちのひとり。ただそれだけだったはずなのに、詩音の存在がオレの中で大きくなっていることに気づく。

「決まりだなっ！」

オレが言葉を発さずにいると、沈黙を肯定ととったのか、正吾が契約成立と言わんばかりに手を叩《たた》いて喜んだ。

「じゃあ、日没も近いし、ひとまずボクんちでくつろいでいってよ」

正吾はドスンドスンと鈍いスキップを踏みながら「自宅」へと向かった。

「大丈夫だよ、瑛人」

参也がオレの腕をちょんちょんとつつく。

「さっき、詩音にも言ってたけど、何が大丈夫なんだよ？」

「だって、僕、もう証拠持ってるもん」

「ええ!?」

「しっ！　正吾おにいちゃんに聞こえちゃう」

参也が口の前に人差し指を当てる。オレも慌てて同じ動作をする。

「だから、詩音おねえちゃんには二十四時を過ぎたら来てってお願いしてあるんだ」

さっきの耳打ちはこのことだったのか。

「でもなんでタイムアップまで待つんだよ。証拠を持ってるならすぐに出せばいいじゃないか」

オレはさっきの正吾の卑劣な提案がまだ許せなくて、容赦のない提案をしてしまっていた。

「瑛人、ひどいこと言うね」

またも見透かされたような目で見つめられてしまった。言葉が出ない。

「どうせならギリギリまで生かしておいてあげようよ。かわいそうじゃやない」

参也の言っていることは正しい。もしその証拠が絶対的なものなら正吾の「断罪」は確定だ。それを敢《あ》えて早めずともタイムアップまで生きていてほしいと思うのが普通の人間の考えだろう。

ただ、少しだけ違和感があった。「生かしておいてあげる」という参也の言い方。まるで手のひらの中の蟻《あり》を握りつぶすタイミングは自分次第かのような上から目線の言い方。

(でもまあ、子どもって残酷っていうもんな)

虫なんかも平気で殺せるのが子どもという生き物だ。自分も幼い頃はそうだっただろうと自分に言い聞かせ、些細《ささい》な違和感は頭から追い出すことにした。

このクレバーな参也をわざわざ敵に回すことはないと、オレは判断した。

オレと参也が【小碑《こびえ》】家に着くと、正吾は、わざわざオレたちをリビングに通し、紅茶とクッキーを出してきた。

「さあ、どうぞごゆるりと」

「接待」でもしてるつもりなのだろうか。せっかく結んだ「同盟」を破棄されないように正吾としても必死なのだと思った。

「このクッキー初めて見る！」

正吾の卑屈な態度に嫌悪感を覚えているオレに対して、参也は無邪気に「ティータイム」を楽しんでいた。

(まあ、甘いものなんてしばらく食べてなかったしな)

オレはクッキーを一枚口に入れた。

(うおっ。パサパサだ)

もともと保存がよくなかったのか、それともこんな世界にあるからなのか、出されたクッキーはまるで砂場の砂を口に含んだかのように、あっという間に水分を奪っていく。

「ぶはっ！　お茶、お茶」

慌てて紅茶を飲み干す。喉に詰まりそうだった砂、もとい、クッキーが食道を無事流れていったのを感じた。

「お口に合いましたでしょうか？」

正吾はまだわざとらしい口調で喋《しゃべ》りかけてくる。

「ええ、とても美味《おい》しゅうございました」

ムカついたオレはわざと同じように返してやった。

「ふあ〜。瑛人、僕ちょっと寝てていい？」

時刻は午後一時半。お昼寝タイムではある。小学六年生にもなってお昼寝をするとは思えなかったが、参也もまだお子さまということか。

「いいよ、このソファで横になっとけよ」

場所をつくろうと腰を上げた瞬間だった。膝《ひざ》ががくりと崩れる。同時に頭がくらくらしていることに気づく。瞼《まぶた》が重い。恐ろしい眠気が一気に襲ってきた。

「まさか……⁉」

ぼやける視界の中で正吾が笑っているのが見えた。

「他人なんて信じられないよね～」

「うふふ」と不気味な笑い声が倒れ込んだオレの頭上から降ってくる。

「寝たらダメだ」

眠気を振り払うため、わざと口に出してみる。

こんなセリフ、雪山で遭難するとき以外に使うことがあるなんてな。オレはまたピンチにもかかわらず余計なことを考えている。

(悪い癖だ。悪い癖だ。悪い……)

思考がどんどん鈍っていく。映画が終わったときのように瞼が幕のようにゆっくりと降りてくる。

完全に視界は真っ暗。

オレは反省していた。正吾を信じたことじゃない。まだ十二歳の参也にすべての判断を委ねてしまったことにだ。

ただ、いまさらすぎるその反省は、真っ黒な世界の中に、オレの意識と共に溶けていってしまった。

「ほら、起きろよ、似非《えせ》リア充」

オレは肩に鈍い痛みを覚えて目を覚ました。その痛みが蹴られたことによるものだと気づいたのは、顔のすぐ横に正吾《しょうご》の足があったからだ。

「このっ！」

立ちあがろうとするがうまくいかない。

「ガチャ」

両手に重さと冷ややかさを感じる。この感触には覚えがある。

「手錠!?」

ここに連行されてきたときにつけていたやつだ。

「こんなもの。こうやって、ぐっ！　くっ！　くそっ！」

オレは手錠の鍵穴に自分の人差し指を差し込もうとする。しかし、これがなかなかに難しいのだ。

「よしっ！　入った。ん？　外れない？」

「ぶふふっ！　無駄だって。それ、瑛人《えいと》の手錠じゃなくて、ボクのだもん。鍵が合うわけないじゃ～ん」

なんて性格が悪いんだ。そうならそうと最初に言えば、指を差し込もうとあんなに苦労しなくて済んだのに。オレの手首はそのときに擦れた傷で赤くミミズ腫れになってしまっていた。

「いやあ、ほんと簡単に引っかかってくれて助かったわ。所詮、不登校のバカと小学生のガキ。ボクの頭脳には敵《かな》わないよね」

こめかみを指差す仕草が、絶妙に似合ってなくて腹が立つ。

「おい、参也《みつや》は!?　参也はどこだよ？」

まさか殺してしまったとかじゃないだろうな。最悪の事態を想像して、オレは血の気がひいた。

「瑛人、僕ならここだよ」

その声にホッとする。ただ、状況が好転するわけではなかった。参也も両手をロープで縛られていた。

「でもま、比べるなら不登校のバカより、このガキのほうが何倍も賢かったかな。まさか、同盟を結ぶだけ結んで、実は裏切る気満々だったなんてな」

それはおまえだろ、と叫びたかったが、不用意なツッコミは状況を悪くするだけだ。

「鞄《かばん》の中調べたら、まさかボクが処分したはずの証拠を復元してるなんてな」

正吾は、その手に写真の「束」を持っていた。

「いったいどうやったんだ？　プリントした写真は全部焼いたし、フィルムだってシュレッダーにかけたのに」

正吾の持っている写真こそが、「色欲」の罪の決定的証拠のようだ。それをどうやって参也は手に入れ、そして正吾が気にしているように再現したというのだろうか。

「『暴食』の罪で捜索されたとき、正吾おにいちゃん、暗室に入れてくれたじゃない。あれ、僕が小学生だからフィルムなんて知らないって思ったんでしょ？　でも、あのときシュレッダーでバラバラになったフィルムを見つけて持って帰っておいたんだ」

なぜ、そこに気づいたんだ。オレなんて「暴食」の証拠探しのほうばかり気にして、「食」と関係なさそうな現像室には疑いすらもってなかった。

「七つの罪で七人しかいないんだから、推定無罪になってもかなりの高確率でもう一度正吾おにいちゃんは疑われると思ってたんだよね」

拘束されているにもかかわらず、焦《あせ》っている素振りも、怯《おび》えている素振りも参也にはない。ただただ小学生離れした推理を淡々と披露していく。

「いや、百歩譲って、フィルムが怪しいと思ったとしても！　どうやって、写真にまで復元できるんだよ？」

「正吾おにいちゃん、オタクのくせにテクノロジーに弱いんだね」

参也は「ふふっ」と笑った。明らかに正吾をバカにした笑いだった。

「もう何年も前からＡＩでのパズル復元なんてあたりまえだよ。スキャンして、解析して、復元して、プリンタでポン！　寝てる間に全部できちゃったよ」

どうやら参也の「家」には高性能なパソコンや周辺機器があるらしい。何をどうしたらこうなるのかはオレには理解できなかったが、ＡＩはなんでもできるということくらいはわかった。

「くそがっ！　でもまあいいさ。この証拠もすでに役立たずだからな」

そう言うと「ぶはははは」と正吾は高笑いをした。

「どういう意味だ？」

なんとか上半身だけでも起こしてオレはたずねた。

「時計を見てみなよ」

【24:18】

なんてことだ、すでに真夜中の制限時間は過ぎてしまっていたのだ。おそらく紅茶に入れられた睡眠薬のせいだろう。こんなに長い間寝てしまうなんて。

「これで証拠不十分。そして『暴食』も『色欲』も無罪となったボクに、もう『罪』

は回ってこない。あとは、おまえらの罪を最終日までしっかり暴《あば》けば、このゲームの勝者だ」

またもや「ぶは、ぶはは、ぶはははははっ」と腹を抱えて笑う正吾。その体型もあいまって、とても醜悪な姿に見える。

「ほら、記念に見せてやるよ。ボクのコレクション」

正吾がばさりとオレの足元に写真の束を投げた。覗《のぞ》き込んでみて、オレは思わず赤面した。

「ははははっ！　童貞くんには刺激が強すぎたかな～」

そこには、女性の裸が写っていた。それも、ただの裸ではなく、おそらくそういう行為をしているときに撮ったものだった。

「いい写真だろ？　パパゆずりのカメラセンスが光ってるだろ？」

彼女との写真ではなさそうだ。写真すべてに違う女性が写っているし、何より女性の表情が苦悶《くもん》に満ちていた。とてもではないが、好きあって、あるいは百歩譲って合意の上での行為には見えなかった。

「おまえ、これ、無理やりやってんのか？」

「失礼だな。純愛だよ。ぶふふっ」

「そんな風には見えないぞ」

「最初は睡眠薬でも飲ませたんじゃない？」

横から参也がするりと推理を挟み込んできた。

小学生が参加する話ではない。いや、待て。そもそもこの写真を復元したのは他ならぬ参也だ。この写真を見て小学生がどんな感想を抱くのか想像もつかないし、なぜ参也が平気な顔をしているのかも想像できない。

「で、寝かしたまま裸の写真でも撮って、次からはそれで脅してってとこじゃない？」

「おお、すごい！　大当たり。まるであのちびっ子名探偵みたいだな」

「この見た目でも、頭脳は大人《おとな》並だったりしてね〜」

正吾と参也がふざけあってる光景が、オレには異常に見えた。

ゲスの極みみたいな行為を当てられて余裕の正吾も、小学生にしてそれを言い当ててしまう参也も、オレの知っている世界にはいなかった人物だ。

「でも、その中のひとりが死んじゃったのは、さすがにショックだったんじゃない？」

「おまえ、なんでそれを……」

一転、正吾の顔から笑みが消えた。代わりに脂汗が噴き出てくる。

「なんでかは内緒。でも、その写真の中に自殺しちゃった子がいるのは知ってるよ」

もうオレには何がなんだか。しかし、これで正吾を追い詰めたのは確かだ。それが、正吾の罪だ。

「色欲」による最低行為の果てにひとりの女性を自死に追いやった。

しかし、再び正吾の顔に歪《ゆが》んだ笑みが戻ってきた。

「そうですけど、何か？」

開き直った態度。表情ひとつが、仕草ひとつが腹立たしい。

「絶対にこの写真をバラさないでって言うから、仕方なく約束したんだけどさ」

正吾は小指を立てる。

「それこそ、さっきそこのガキとしたみたいにさ」

参也との「ゆびきり」のことを言っているのだろう。

「でも、そいつ、彼氏作りやがってさ。なんかむかついたから、その彼氏にも、家族にも、学校中にも、写真バラまいてやった」

もちろん匿名で、自分が犯人だとはわからないように十分脅しを入れてからやったと正吾は付け加えた。

「サイテーだね」

「ああ、サイテーですよ～」

ますます開き直る正吾。声のボリュームも狂ったように大きくなっている。

「でも、もうタイムアップ。だからここまで自白しました～。これでボクが『色欲』以外の罪だったらおかしくね？　ってことは～？　はい、そうです！　残りの罪はおまえらに決定です！」

テンションマックスの正吾がオレたちを交互に指差してくる。そのときだった。

「そうはいかねーんだな、これが」

リビングの入り口から声がして、オレは振り返った。

「詩音《しおん》!?」

なぜここに。いや、それよりも外は「屍《しかばね》」だらけのはずだ。どうやってここまで来たんだ。

「い、いまさら出てきたって手遅れだからな。も、もう二十四時は過ぎたんだからな！」

正吾は詩音の突然の登場に焦りつつも、自分の勝利は確信しているようだった。確かに、いまさら詩音が来てくれたところで、正吾が本日「推定無罪」になったことに変わりはない。

「あのね、このうちの時計、全部一時間ずらしてあるんだ」

参也がさらりと言った。詩音もうんうんと頷《うなず》いている。どうやら事前に聞かされていたらしい。

「うちは日没直前にこの家に忍びこんでずっと隠れてたんだよ」

参也の指示で。オレは聞かされてなかった。

「やっぱり一度でも家の中を探られるってよくないよね。確かにそのときは無罪になる可能性があっても、何か仕込まれる可能性はあるもんね。ボクが時計をいじったみたいに」

「だから、あのとき正吾おにいちゃんは断固として家に入れるのを拒むべきだったんだ」と参也は付け加えた。

「でも、毎日の帷《とばり》のアナウンス。あれって同じ時間なんじゃないのか?」

オレは自分の疑問を口に出していた。

「瑛人、あのアナウンスがかかるとき、時計みてる? あれって毎日同じ時間じゃないんだよ」

「ウソだろ、マジかよ」

正吾も気づいていなかったようだ。

「空も赤紫で時間の経過がわかりにくいからね。一時間くらいずらしてもたぶんバレないって思ったんだ」

参也は作戦がうまくいったと、ニコニコしている。

「というわけで、おまえはまだゲームの最中にペラペラと全部罪を自白してくれちゃったわけだけど……」

詩音が、指をゴキゴキと鳴らしながらゆっくりと正吾に近づいていく。

「く、来るな！」

正吾はあたりを警戒している。それはそうだ。これまで罪が確定したときの「断罪」を散々見てきているのだから。

ゲームの中に閉じ込められたり、ディスポーザーに吸い込まれたり、たくさんの衣装に捻《ひね》り潰されたり。何が起こるかわからない。いま正吾は家の中にあるすべてのものが恐ろしい拷問器具に見えていることだろう。

「く、くそっ！」

正吾がクッキーを入れていた皿をテーブルの端にぶつけて割った。そのひとつの破片が鋭利な刃物のようになる。

「来るな。来たらこのガキの首をこいつで掻《か》っ切るぞ」

尖《とが》った破片を参也の首元に当てて、こちらを威嚇してくる。

「バカか？　そんなことしても時間稼ぎにもならねーって。すぐにおまえは何にかからんけど、襲われてぐちゃぐちゃにされるんだって」

詩音は冷静だ。目の前で子どもが人質になっているというのに。オレなんて、頭ではわかっていてもハラハラしてしまう。

「だから！　ボクはここから逃げる！」

正吾はそう言うと小柄な参也を抱きかかえ、リビングから飛び出した。

「おい！　待てって！　外には屍がっ……」

「おそわれたら、こいつを囮《おとり》にして逃げる」

正吾が参也をぐいと持ちあげる。さすがの参也もこの事態は予想外だったようだ。目を丸くして言葉を失っている。

「てめえ、サイテーだな！」

「ああ、サイテーで結構だよ。生きて帰れりゃ、またバカな女どもを抱けるからな！」

そう言い残すと正吾は参也を抱えて家を飛び出ていってしまった。

「待て！」

立ちあがってオレはふたりを追おうとした。だが、何かにつまずいて思い切り床に顔を打ちつけた。

「やめとけって」

そのセリフと表情で詩音に足をひっかけられたのだと気づく。

「なんでだよ!?　このままじゃ、ふたりとも。いや、せめて参也だけでも助けないと」

「諦めろ」

「諦められるかよ。まだ小学生なんだぞ！」

「小学生だろうが、百歳のじじいだろうが、同じ命だよ」

詩音が「ヤンキー座り」をして、オレの顔をじっと見つめた。それはその通りだが、
それでもオレは、なぜか小学生の参也を見殺しにすることに強い抵抗を覚えていた。

(小学生の頃の罪滅ぼしのつもりか……？)

思わず自問してしまう。そんなつもりはない。関係ない。幼馴染《おさななじみ》のことはいまは。

オレはもう一度立ちあがろうとした。

「ドン！」

詩音がオレの背中に乗ってきた。さすがに、両手がふさがった状態でこれでは立ちあがるどころか、匍匐《ほふく》前進も難しい。

「もし、連れてかれたのがうちでも助けにいくか？」

オレの背中で詩音が聞いてきた。なぜ、いまこの場でそんなことを聞くのか、意味がわからなかった。

「そりゃ助けるに決まってるだろ！」

それでもオレは即答した。でも、適当に答えたわけではなかった。

「変わったな……」

詩音がそうつぶやいた、気がした。そのくらい小さな声だった。

「なら、うちも同じ気持ちだ」

「どういうことだよ！」

どうでもいいからどいてくれ、とオレは詩音を振り落とそうと暴れた。

「瑛人に死んでほしくねーんだよ」

頭上で詩音の真剣な声がする。

「頼むよ」

今度は懇願されてしまった。

「……わかった」

オレは詩音の言う通りにすることにした。頭では納得していなかったが、なぜだか詩音の言葉が心に刺さり、逆らうことができなかった。

【25:21】

今度こそ本当に二十四時を過ぎた。詩音に支えられながら、オレたちは公園に向かった。少しでも敷地の外の様子がわかるかもと思ったからだ。

どのくらい時間が経《た》ったろうか。

暗闇が少しずつ紫に、そして、赤色が混じっていく。

「夜が明けた」

外はどうなったんだろう。

「帷！　参也は？　正吾は？　おまえならわかるんじゃないのか!?」

スピーカーに向かって必死で叫んでみた。しかし、スピーカーは沈黙したままだ。

「くそっ！」

悔し紛れにブランコを蹴りあげたそのときだった。

「開けてー！」

門の向こうで声がする。参也だ。

「待ってろ！　いま行くから」

うまく走れないオレの代わりに詩音が門を開けにいく。

「ぎぎぎぎぎぎぎ」

錆《さ》びついた音と共に扉が開くと、そこには泥だらけの参也が立っていた。

「大丈夫か？」

遅れて参也のもとに駆けつけたオレは聞いた。

「大丈夫。途中こけたりしたから軽いすり傷とかはあるけど、屍には襲われなかったよ」

「山に屍はいなかったのか!?」

参也は悲しそうに首をふる。

「わんさかいたよ。でも、僕のほうには見向きもしなかった。最初から正吾おにいちゃんだけを狙ってたみたい」

「それじゃあ、正吾は……」

参也は再び首を横に振った。

「屍たちに襲われて、正吾おにいちゃん、バラバラになっちゃった」

それを目の前で見ていたというのか。なんて光景だろう。トラウマになってしまうに違いない。

「瑛人、これ」

参也がポケットから何か細長いものを取り出した。

「これ？」と聞く前に、参也は「それ」でオレの手錠の鍵を開けた。

「正吾の指か⁉」

参也の手の中にある「それ」を見て、オレは思わずのけぞってしまった。

「うん。落ちてたのを拾ってきたんだ」

オレの手錠を開けるために。小学生になんてことをさせてしまったんだ、オレは。

「ごめんな」

オレはそう言って、参也をぐっと抱きしめた。

参也は震えていた。当然だ。こんな怖い思いをして。

参也をこんな目にあわせた帷を見つけ出して、なんとしてもこのゲームを終わらせたかった。しかし、どうすればいいのかわからない。

公園に、オレと詩音と参也と三人。最後の三人。そして、残りは三日。

「あれ、参也《みつや》は？」

五日目の正午。帷《とばり》の「本日の罪は『傲慢』です」のアナウンスを聞いたあと、オレが公園に行くと、そこには詩音《しおん》しかいなかった。

「まだ来てねーよ」

詩音《しおん》は、ブランコを漕《こ》いでいた。

「そうか」

オレも詩音の隣のブランコに腰掛けた。

「大丈夫かな？」

「何が？」

「参也だよ。あいつ、目の前で正吾《しょうご》が屍《しかばね》に襲われて……。ショックだろうな」

「なんで？」

オレの心配が詩音にはピンときてないみたいだ。

「他のやつらもうちらの目の前で死んだじゃん」

「いや、それはそうなんだけど……」

詩音の言う通りだ。創《はじめ》も睦美《むつみ》も二葉《ふたば》も、オレたちの目の前で死んだ。しかも、ものすごく凄惨な死に方で。

「あんまあいつをガキ扱いしないほうがいーんじゃねーの？」

詩音のブランコを漕ぐスピードがアップした。

「いや、でも実際まだ子どもだし。昨日だって、震えてたんだぜ？」

「震えてた、ねえ？」

詩音はそのまま勢いをつけて、右足を大きく蹴り出した。サンダルがぽーんと弧を描いて飛んでいった。

「昔、よくやんなかった？　靴飛ばし」

「やったけど……。それこそ、ガキっぽすぎないか、この歳《とし》でやるのは」

詩音は無視して「けんけん」しながら飛ばしたサンダルを拾いにいった。

「つまんねーやつだな。そんなんばっか、気にしてさ」

「つまんねー」と言われて、オレはカチンときた。

「うっせーな。見とけよ！」

オレは靴をゆるく履き直してから、ブランコを勢いよく漕いだ。

「おらあ！」

右足を高く蹴りあげる。靴が宙高く舞いあがる。が、高さだけで、飛距離は伸びなかった。オレのすぐ目の前にポスンと情けない音をたてて、靴が落ちてきた。

「ぶはっ！　だっせ！『見とけよ』とか言っといて」

オレは言い返せなかった。恥ずかしさで顔が赤くなる。

「でも、気合入った顔してたぜ」

詩音はもう笑っていなかった。真顔でオレの顔を指差してくる。

「マジになること自体はダサくねーからな」

詩音のセリフがぐさりと胸に刺さった。オレはいつだって「本気を出さない」言い訳を探して生きてきた。本気を出して負けてしまうのが怖かったから。

オレは詩音と同じように「けんけん」をして靴を拾いにいく。

「それにしても、おせーな参也のやつ」

時計を見たらもう三十分も経《た》っている。

「呼びにいこうか」

オレは詩音にそう提案した。ふたりで西側の奥の家を目指す。五日目にもなると、全員の家の場所もわかっている。オレたちはまっすぐ参也の家に向かった。

「ピンポーン」

【青山《あおやま》】と表札のかかった家のインターホンを詩音が押した。

「出ねえな」

「ピンポーンピンポーン」

すかさず二回鳴らす。回数を鳴らせば出てくるものでもないと思うが。

「寝てんのかな？」

「ピンポーンピンポーンピンポーン」

だとしたらもう少し寝かせておいてあげてもいい気がするが、タイムリミットを考えるとそうも言っていられない。

「ピンポンピンポンピンピンポーン」

詩音がインターホンを連打する。ふざけているのだろうか。それにしても、この押し方、どこかで聞いたことがある気がする。どこだったろうか。

「ちっ！　何してんだよ、あいつ！」

舌打ちをしながら、詩音はドアノブを回した。開くわけないのに。いくら中にいるからって、こんな危険な場所で鍵をかけないわけがない。ましてやあの賢い参也のことだ。セキュリティ対策はばっちりだろう。

「あ、開いた」

「え、ウソ⁉」

詩音がノブを引くと、そのままドアは開いた。まさかあの参也が鍵もかけずに寝てしまうとは。それだけ気が動転していたのか。それとも、参也に何かあったのか。

「参也！　大丈夫か！」

急に心配になって、オレは詩音を押し退《の》けて、家の中に入った。

返事はない。

「上がるぞ！」

こんなときでもオレは脱いだ靴を揃《そろ》えてしまう。長年染み付いた癖というのは恐ろしい。

「参也ぁ！」

オレと詩音は参也を探して、あちこち部屋を見て回った。その部屋数はこれまで見てきたどの家よりも多くて、ひとつひとつが広かった。父親はただの医者ではなく、「大病院を経営する」が形容でつきそうだ。

「やっぱ、金持ちの子か。余裕あるもんな～」

同感ではあったが、いまはそんな呑気《のんき》なことを言ってる場合ではなかった。

「参也ぁ！　どこだぁ！」

必死で叫びながら部屋から部屋へとオレたちは移動していく。

「瑛人《えいと》ぉ！　僕はここだよぉー！」

参也の声だ。しかし、聞こえてくるのは外からだった。

オレと詩音は、玄関から外へ出てみる。

「ここ、ここ！」

参也は【青山】家のちょうどお向かい。正吾が住んでいた【小碑《こびえ》】家の玄関で手を振っていた。

「おまえ、なんでそんなとこに⁉」

オレと詩音は参也のもとへ駆け寄った。

「いま、僕んちから出てきた？　もしかして、僕がいない間に多数決で罪人にされちゃった？」

参也が心配そうな顔をして聞いてきた。

「バカ！　そんなことするわけないだろ。おまえがいつまで経《た》っても公園にこないから、心配して、詩音とふたりで呼びにきたんだよ」

「あ、そうなの？　でも、おかしいな。鍵は締めてきたはずなのに」

参也は首を傾《かし》げている。確かに、しっかり者の参也が鍵を締め忘れというのは違和感があった。

「ま、いいや。それより、遂に見つけたんだよ！」

オレたちが勝手に家に入ったことが「ま、いいや」で済ませられるくらい、すごい発見があったらしい。参也は珍しく興奮しているようだ。

「見つけたって、何を？」

「このゲームの管理者、帷の居場所だよ」

「は？　なんだって？」

「だから、帷の居場所だって」

聞こえなかったわけじゃない。意味がわからなかったから、聞き返したのだ。

「マジかよ、ウソだろ」

てっきり帷は地獄なのか天国なのか知らないが別の世界から、オレたちを見張っているのかと思っていた。空が裂けたりする世界だ。そのくらい簡単にできそうだ。

「まさか、同じ敷地内にいるとは……」

「灯台下《もと》暗しってやつだね」

参也はニコニコしている。昨日、オレの腕の中で震えていたとは思えないほど、元気になっていた。それを素直に喜んでいいのか、オレにはわからなくなっていた。

「で、帷はどこに？」

「地下室だよ」

参也は即答する。

あの床の扉はやはり地下へとつながっていたのだ。帷は「ゴールに近づく」と説明していたが、結局誰もあの扉を開けられなかったようだ。後回しにしているうちに、ゲームも終盤になってしまっていた。

「でも、あの扉の鍵穴は指じゃ開かなかったぜ？」

「人差し指では、ね」

「え？」

家の鍵は人差し指だった。手錠の鍵もだ。だからオレは、いやオレたちは「鍵」になるのは「人差し指」だと思い込んでいた。まさか他の指が鍵になるとは。

「ヒントは『ゆびきりげんまん』だったんだ」

参也はそう言うと、ぴょこんと小指を立てた。

「本当に大事な入り口は、大事な約束を交わす指じゃないと開かない仕組みになってたんだよ」

思い出してみれば、オレの家にあった地下室の鍵穴も、創の家にあった地下室の鍵穴も少し小さかった。そのときに「別の指」という発想に行きつかなかったことが悔やまれる。

「ま、そこまではすぐに気づいてたんだけどね」

嬉《うれ》しそうにしていた参也が一転、「やれやれ」と言わんばかりに肩をすくめて、ため息をついた。

「え？　じゃあ、なんで地下室開けなかったんだ？　おまえの家にもあるんだろ？　地下室の入り口」

「はあ」

今度はもっとわかりやすくため息をつく参也。

「そんなの、中から何が出てくるかわからないからに決まってるだろ」

「え？　だって、帷は地下室を開ければゴールに近づくって……」

「それが罠《わな》だったら？」

「あ……」

その可能性は考えていなかった。帷によるミスリード。わざと地下室をすすめることで、ゲームの脱落者を増やす狙いがあったとしてもおかしくはない。

もし、開けたら最後、そこから屍が出てくるような仕組みになっていたら。自分の家では決して開けたくはない。

「だから、誰かが気づいて開けてくれるのを待ってたけど、誰も開けないんだもん」

「待ちくたびれちゃったよ」と参也は付け加えた。

「でもやっとひとんちで試せるようになったから、朝早くにひとりでここに来てみたんだ」

そう言うと参也はポケットから、正吾の「指」を取り出した。昨日、オレの手錠を開けてくれたものより小さい。おそらく「小指」だ。

「おまえ、他にも拾ってたのか!?」

「一本だけとは言ってないでしょ」

死体の指なんて、一本だって持ち歩きたくはない。それを平然と何本もポケットに入れる参也の神経を疑った。

「よくひとりで試したな？」

屍が出てきたら、と参也が考えなかったはずがない。

「ゲーム開始当初はそれも疑ったけどね。でも、そもそも地下室を開けたらアウト！なんて理不尽な『落とし穴』があったとしたら、せっかくのこのゲームのルールが台無しになっちゃうもんね。たぶん、管理者はそういうことをするタイプじゃないと思ったんだ」

参也はこれまでのゲーム進行などを冷静に分析して「地下室を開ける」という判断をしたようだ。オレにはここまでのクレバーさも覚悟も両方、ない。

「予想通り、地下室からは何も出てこなかったよ」

自分が無事でいることがその証拠だと言わんばかりに参也は胸を張った。

「そうか……。で、中には入ったのか」

「うん、途中までね」

参也曰《いわ》く、地下室は二層構造になっているらしい。地下一階から地下二階へ行く途中でオレの声が聞こえて引き返してきたらしい。

「じゃあ、なんでそこに帷がいるってわかったんだよ？」

「行けばわかるよ」

そう言って参也は正吾の家に入っていった。

「おい、マジかよ。もう日没まで時間がないぞ」

オレがそう言って、参也を引き止めようとすると、「はあ」と特大のため息が聞こえた。

「管理者の居場所を突き止めたんだから、もうゲームとかどうでもいいでしょ。そいつをやっつけて、元の世界に戻してもらおうよ」

そうだ。その通りだ。帷がこの空間にはいないと思い込んでいたから、どうしようもないと思っていたが、帷が存在するとなれば話は別だ。こんな理不尽なゲームに最後まで付き合う必要はない。

「でも、やっつけるって言っても、そううまくいくかな？」

「そこは詩音おねえちゃんがいるからね」

どうやら参也は、オレよりも、詩音の腕力のほうに期待しているらしかった。男としてちょっと悔しくもあるが、ホッとしている自分もいた。情けない。

「ガチャ」

参也が地下室の扉を開ける。「ひゅおう」と冷たい空気が噴き出してくる。地下へと続く階段が見える。

「ほんとに、何も出てこないのか？」

ゾンビ映画なんかだと、こういうところに入った瞬間襲われるというのは「あるある」だ。

「心配性だな、瑛人は。大丈夫だって。僕が一度入ってるんだから」

それはわかっているのだが、いざ入るとなると怯《ひる》んでしまう。

「行くよ」

参也は鞄《かばん》から懐中電灯を取り出すと、それで照らしながら下へと降りていった。オレたちは後に続く。

「うわっ。中は結構広いんだな」

階段を降りきると、そこは広場みたいになっていた。「ヘヴンズハウス」とほぼ同じくらいの広さがある。

「あ、他にも階段がある」

オレたちが降りてきた階段の他に六本。つまり、全員の家が地下でつながっているということだ。

「あれは？」

地下広場の中央に、各辺五メートルくらいの無機質な立方体があった。

「監視室だよ」

すでに参也の調べは済んでいるようだ。

オレたちは、その「箱」に近づく。扉があった。

「ここは鍵、いらないのか？」

「ドアノブが壊れてるみたい」

参也の言う通り、ドアノブがぶらんと取れかかっている。「壊れている」というよりは「壊された」ように見える。

「これ、参也がやったのか？」

「ううん。違うよ」

参也は首を振る。だとすると、ここに参也より先に辿《たど》り着いた人間がいるということではないのか。帷本人が壊すとも思えないし。

「はあ？　僕より先に？　ありえないでしょ？」

その推理を伝えると、途端に参也が不機嫌そうに叫び出した。

「この七人の中で僕より賢い奴がいた⁉　転売ヤーゲーマーに過食症モデル、怠け者ギャルにエロキモオタク。それに中卒ヤンキーと不登校キョロ充だよ！」

いきなり捲《まく》し立てられて、オレはびっくりしてしまう。

「おまえ、そんな風に思ってたのかよ……？」

不登校のキョロ充。確かに、その通りだが、参也の口から聞きたくはなかったワードだ。

「あ、バレちゃった」

急いで可愛《かわい》らしい顔に戻るも、もう遅い。どうやら参也は「賢いけれど無邪気な小学生」ではなかったようだ。

「まあ、もう猫かぶる必要もないからいいけどね」

開き直る参也は、壊れた扉を開けて中に入っていった。オレたちも参也を追いかける。

「ほら、見てよ、これ」

両手を広げる参也の背後には、いくつもの「モニター」があった。

見覚えのある場所が映し出されている。

「あ、オレんち！」

どうやら、七人の家がこのモニターによって監視されていたらしい。ランダムに画面が切り替わる。お風呂場やトイレまで映る。あらゆる部屋に監視カメラが設置してあるようだ。まったく気づかなかった。

モニターの下のプレートには【強欲】【暴食】【怠惰】【色欲】と、これまで暴かれてきた罪の名前が書かれていた。もちろん、そのモニターには誰も映ることはない。

【傲慢】

本日の罪のプレートを探す。

「あった！」

しかし、そのモニターはブラックアウトしていて、何も映し出さない。同じように【憤怒《ふんぬ》】と【嫉妬《しっと》】、まだ発表されていない罪のモニターも真っ暗になっている。

「ちょっと配線いじらせてもらったからね」

参也が鼻を鳴らしている。機械系も得意なのは、正吾の写真を復元したことで知っていたが、本当になんでもできる小学生だ。感嘆しつつも、オレはそのことが参也の罪を表しているような気がした。

「『傲慢』はおまえじゃないか？　参也」

これまでずっとみんなの「弟」的存在として、無邪気に振る舞っていた参也。しかし、思い返してみれば、自身の優秀さを自覚している「ふし」は所々に見られた。

「え〜、そんなのわかんないじゃん。正吾おにいちゃんのときみたいに決めつけて被告人にすると、あとの『リベンジ』が大変だよ」

確かにここで参也の罪を暴《あば》くことができなければ、逆に圧倒的有利な立場を与えて

嫉妬
強欲
憤怒
欲

しまうことになる。

ただ、オレは参也が「傲慢」で間違いない気がしていた。

「なんだよ、その目」

参也の声色が変わる。声変わりもしていないと思っていたのに、その声は低く、重く、それでいて尖《とが》っていて、聞く者の心に暗い衝撃を与えてくる。

「なんか瑛人って最初から気に食わないんだよな」

どさり。参也はおそらく帷が座っているであろう管理者の椅子に腰を下ろした。

「いつもおどおどして、ひとのことばっかり気にしてるくせに、なんか心の中じゃ自分以外を見下してる感じでさー」

そんな風に思っていたのか。オレはショックだった。

「そういうとこ、僕は瑛人が『傲慢』じゃないかって思うけどな〜。ねえ、どう思う？　詩音おねえちゃん？」

そう言えば、地下に降りてきてから詩音が一言も発していない。

「多数決、すれば？」

詩音は下を向いて、ぼそりとつぶやいた。様子がおかしい。いつもの詩音なら「あ？」とか「おおん？」とか言って参也を睨《にら》みつけそうなものなのに。

「そうだね。やっぱり、それがいちばん、民主的だよね」

「いや、ちょっと待てよ。ここで帷をやっつけてゲームから解放してもらうんじゃなかったのかよ⁉」

　そもそも参也がここにオレたちを連れてきたのは、そういう目的だったはずだ。

「まだ、そんな甘っちょろいこと言ってんの？　無理に決まってんじゃん、骨人間を操ったり、罪人をあんな風に殺せちゃう奴だよ。腕力でなんか敵《かな》うわけないじゃん」

「じゃあ、なんで……」

　オレたちを地下室に連れてきたのか。その疑問の答えはオレの想像を超えていた。

「このゲームの勝者が僕だってことをふたりにわからせるためさ」

　参也が言っている意味がわからない。

「あれ？　まだ理解できない？」

　バカにするような参也の態度にも慣れてきた。こいつはこういう奴なのだ。

「僕は、このモニターで誰が何の罪なのか、もう知ってるんだよ」

「あ！」

　オレは思わず声をあげた。そうだ。参也がひとりでここに入ったときにはまだ【傲慢】のモニターも【憤怒】や【嫉妬】のモニターも生きていたのだ。そこに映っている家が誰の家かがわかれば、多数決をせずとも被告人が、いや、罪人が決定する。

　なぜなら、管理者である帷はオレたちの罪をすべて知っているのだから。

「さらに、僕はこのモニターで君らの家の中もくまなく調べさせてもらった。『証拠』がどこにあるかもわかってる。さあ、低脳な君らもこれで理解できたよね。もう勝者は決まっているということを」

参也は足を組み、椅子の背もたれに寄りかかり、偉そうに笑った。

「ゴールに近づくってのはこういうことだったのか」

オレはいまさら帷の言葉の意味に気づいて唇を噛《か》んだ。七日間もゲームを続ける必要なんてない。この地下室にさえ来《こ》られれば、そんなの全部すっ飛ばして、他のメンバーの罪を暴くことができたんだ。

「パチパチパチパチ」

拍手が聞こえた。

「詩音……？」

嬉しそうな顔で詩音が手を叩《たた》いている。

「お見事です！」

「です」という語尾が詩音の口から出たことに違和感があった。いや、そもそも声自体が詩音のものでない気がする。

「詩音？　どうしたんだ？」

地下に入ってからずっと発言してこなかったのも、突然の豹変《ひょうへん》も、なんだか嫌な予感がする。

「さすが、IQ百八十の青山参也さん。見事ゴールに辿《たど》り着きましたね」

この声、この喋《しゃべ》り方。帷だ。目の前にいるのは詩音のはずなのに、オレたちの耳には、公園のスピーカーでずっと聞いてきた帷の声がする。

「しかし、残念ながら、ここへ辿り着いたのはいちばん最初ではありませんでしたけど」

「なんだって⁉」

参也が声を張りあげる。オレは、誰が一着とか二着とかそんなことよりも、目の前の詩音の姿をした少女はいったい誰なのかのほうが気になって仕方なかった。

「一番は、泉下《いずみした》詩音さんです」

さきほど湧きあがってきた「嫌な予感」の輪郭がはっきりしてくる。目の前の詩音の姿をしている存在がまさしく「嫌な予感」そのもので、いま、それは「予感」では済まないことがオレにはわかっていた。

「詩音はどこだ⁉」

気づけばオレは、詩音に、いや、詩音の姿をした帷に叫んでいた。

「ここにいますけど？」

詩音《しおん》の姿をした帷《とばり》が、きょとんとした顔で自分を指差している。

「おまえじゃない。おまえは帷だろ！」

「あ、やっぱりわかります？」

「バカにすんな！」

オレの怒りのボルテージが上がっていく。オレってこんなにキレやすかったっけ。もしかしてオレの罪は「憤怒《ふんぬ》」なのかもしれない。

「ははは。見た目なんてどうだっていいじゃない」

帷は急に砕けた口調になった。しかし、それは詩音の喋《しゃべ》り方ではない。どこかで聞いたことのあるような。しかし、それがどこだかうまく思い出せない。

「ちょっと!!」

参也《みつや》が叫んだ。

「何僕を無視して話を進めてんだよ!!」

怒りに肩が震えている。これがあの冷静な参也だろうか。顔を真っ赤にして、かんしゃくを起こしてわめきちらす子どものようだ。

「あの中卒ヤンキーが僕より先に!?　ありえない。そんなことあるはずない！　あんな低学歴が『ゆびきりげんまん』の謎に気づくなんて！」

どうやら地下室への扉の謎を先に解かれたことに腹を立てているようだ。自分より前を歩く人間が許せない。それは「傲慢」なのか「嫉妬《しっと》」なのか。オレには判断がつかなかった。

「彼女が謎を解いたとは言ってませんけど」

再びいつもの口調に戻った帷。詩音の容姿で、中身は帷で、しかし、その本性はまた違うような気がして。ああ、だめだ。混乱してきた。

「どういうこと？」

参也が食いつく。

「泉下《いずみした》詩音さんは、私の『地下室を開けばゴールに近づく』という言葉を、正直に受け止め、そのまま『実力行使』をしたんです」

実力行使。その言葉を聞いて、オレは詩音が二葉《ふたば》の姉の一葉《かずは》の部屋を開けたときのことを思い出す。あのときはゴルフクラブで無理やり扉を壊して開けていた。

「ここに来たときは金属バットを持ってましたよ」

オレの心を読んだかのように帷が答える。

「地下の扉を無理やりこじ開けたっていうのか？」

そんなことが可能なのか。オレは何度となく力ずくでトライしたがびくともしなかったぞ。

「泉下詩音さんは『暴力』に長《た》けたひとでしたから」

帷はまるでよく知る友人を紹介するかのようにしみじみと言った。

「なんだ、やっぱりそうか。脳筋がやりそうなことだね。頭が悪いからって、力に訴えるなんて、猿だよ、猿」

謎解きで出し抜かれたわけではないということを知り、参也の自尊心は守られたようだ。顔色が元に戻っている。

「まあ、やり方はお猿さんかもしれませんが、青山《あおやま》参也さん、あなたより先に『ゴール』に近づいたことは事実ですよ」

この監視室らしき「箱」のドアノブが破壊されていたのも、詩音の仕業《しわざ》だろう。まっすぐに「ゴール」を目指して実力という名の暴力を行使していく様は、それはそれで覚悟があるとも言える。

「うるさい！　そんなやり方、僕は認めないぞ！」

参也が再び喚《わめ》き出した。しかし、参也が認める認めないにかかわらず、ここに詩音がいないことは事実だ。

「じゃあ、本物の詩音は現実世界に戻ったのか？」

「ゴール」とはすなわちそういうことだろう。オレはホッとしていた。確かにオレの苦手なヤンキーだし、手は早いし、口も悪いし、粗暴かもしれない。でも、オレを庇《かば》ってくれたり、手を引いてくれたのも詩音だった。

彼女が現実世界に戻れたなら、それはオレにとって嬉《うれ》しいことだった。しかし、帷はまたしてもきょとんとした顔をしている。

「彼女の『ゴール』は、こちらですよ」

帷はそういうと、自分の足元を指差した。そこには、マンホールのようなものが。参也の言っていた二層構造とは、このことか。さらに地下につながる入り口があるのだ。

「どういうことだ!?　そこから現実世界に戻れるんじゃやないのか!?」

「私がいつそんなことを言いました？」

確かに言ってはいない。

「じゃあ、『ゴール』ってなんなんだよ!?」

「罪人の『行き着く先《ゴール》』は地獄に決まってるでしょう」

急に帷の声から体温がなくなる。ひんやりと無機質な言葉が、これまた無機質な「箱」の中で反響している。

「じ、地獄……」

オレたちがここに連れてこられたときに最初に見た空の裂け目。恐ろしい雄叫《おたけ》びと共に落ちてきた人間の一部。あれがきっと地獄なのだろう。

空からでも、地下からでもつながっているらしい。いや、むしろ地下からつながっている地獄のほうがより深そうで、恐ろしさも増大する。

「彼女の罪は、そう『憤怒』。常に何かに憤《いきどお》り、誰かに怒りをぶつけているひとでした」

帷がまるで故人を偲《しの》ぶように、宙空を見つめ語り始めた。

五日目の罪は「傲慢」だったはずだが、そのルールを管理者の帷自身が破ってしまったことになる。しかし、オレは黙っていた。詩音のことが気になったからだ。参也はまだ納得がいっていないのか、ふてくされた顔をしている。

「中学を卒業する前から、泉下詩音さんはほとんど学校には行っていませんでした」

詩音が暮らしていたのは、昔は工場が建ちならぶエリアだったらしい。再開発でタワマンがぼんぼん建ち、街の外から富裕層が流れ込んできた。工場が潰れたことで元々の街の住民はほとんどが仕事にあぶれており、お金に困っていた。

「詩音さんの家も例外ではなく、高校に行かなかったのも、本人が勉強嫌いだったこともありますが、進学するお金がなかったことも大きな要因でした」

貧困を理由に進学を諦める。シングルマザー家庭だったオレにとっても、他人事《ひとごと》とは思えなかった。結果としてオレは高校に入学することはできたのだが。

「詩音さんは、いつもタワマンを睨みあげては『金持ちのクソ野郎どもが』と文句を言っていたそうです」

「いたそうです」と伝聞口調で帷は言った。その話は誰から聞いたのだろうか。詩音本人が帷にそんな身の上話をするとは考えにくかった。

「中学を卒業後、詩音さんは職を転々としました。特殊な技能も学歴もない少女を雇ってくれるところは少なく、たとえ働ける場所が見つかってもすぐに雇い主と揉《も》めてしまいクビになっていました」

帷は、親指を首の前で水平にスライドさせた。「クビ」のジェスチャーだ。

「やがて詩音さんは、よからぬ連中と連《つる》むようになりました」

おそらくその連中は反社会的な人間たちだろうとオレでもすぐにわかった。

「詐欺や強盗などの犯罪行為を平気でする連中でした」

「あいつ犯罪者だったのか」と参也が吐き捨てるように言った。「おねえちゃん」と呼んでいた相手を「あいつ」呼ばわりか、とオレは切なくなった。

「詩音さんの中学時代の友人は、詩音さんを止めました。このままではきっと警察に捕まってしまう。そして、取り返しのつかないことになってしまう、と」

「ちょっと待って。この話って、その友人から聞いたのか？」

帷はこくりと首を縦に振った。

「その友人は？」

今度は首をふるふると横に振る帷。

「まさか……」

と口から漏れる。ただ、この先の展開は予想ができた。おそらく、もうこの世にはいないのだろう。

「詩音さんは、自分の行為を止めようとする友人に激しい怒りを覚えたのです。それはもう殺意にも近い怒りを」

まさに「憤怒」だとオレは思った。

「友人をその『よからぬ連中』に攫《さら》わせたのです」

攫われた先で何をされたか、聞かなくてもだいたい予想がついた。

「せっかく止めてくれた友だちを……」

オレはがくりとうなだれてしまった。

「友人は解放されましたが、彼女の心はすでに壊れてしまっていました」

最期は、詩音たちが住む街の真ん中を流れる川に飛び込んだそうだ。

「詩音さんがここに現れたとき、その友人のことを聞きました」

「詩音はなんて？」

「『うちのせいじゃない』と」

じゃあ、いったい誰のせいなんだ。でも、オレはそのセリフを口にすることができなかった。

「こうなったのはぜんぶ金持ちのせいだ、と詩音さんは怒り狂って言いました」

その後、帷に襲いかかってきたという。しかし、この世界の管理者である帷に物理攻撃はきかなかった。

「返り討ち……か」

さきほど参也が言っていた通りだ。

「しかし、そのときはまだ二日目が終わったばかり。ここで詩音さんが脱落したことを伝えれば、ゲームが破綻しますし、地下の謎も早々にバレてしまいます」

そこで帷は詩音になりすますことにしたと言う。

「なりすますってレベルじゃないだろ」

「得意なんですよ、ひとの真似をするの」

帷はニコリと微笑《ほほえ》んだ。その顔は詩音だったが、その笑顔は詩音のものではない気がした。帷の本心から出た笑みだろうか。

しかし、その笑顔よりもオレには気になったことがあった。

「二日目!?　詩音が地下に来たのは二日目なのか？」

「そうですよ。二日目のゲームが終わったあと、寝ないでここに辿《たど》り着いたようです」

となると、三日目にオレを庇ってくれたのも、手を引いてくれたのも、詩音本人ではなく、詩音になりすました帷ということになる。

「あれ、おまえだったのか……」

「はい？」

帷は不思議そうな顔をしている。

オレは複雑な気分だった。これまでのやりとりで親しみを覚えていた詩音が、実は犯罪に手を染め、友を売り、自殺に追い込んだ人物だと知ったときのショックは大きかった。だからこそ、自分が心を通わせた相手がそんな人間じゃなくてホッとした面もある。ただ、だからといってその相手がこの理不尽なゲームの管理者であって喜んでいるわけではない。

「頭も心もぐっちゃぐちゃだよ」

ボソリと独《ひと》りごちた。

「ねえ、話、終わった？」

参也が待ちくたびれたように口を挟む。

詩音がすでに脱落していたことは、参也にとっても決して無関係ではない話なのに、途中から参也は完全に興味を失ってしまっていたようだ。

「いいんだよ、底辺の人間がどうなろうが」

吐き捨てるように言って、参也は椅子の上に立ちあがった。

「天はひとの上にひとをつくらず」

参也は人差し指を天井に向け、声高く宣言した。聞いたことがある。

「福沢諭吉だっけ？」

その質問に参也は答えない。さらに続ける。

「されど、この世を見渡しみれば、賢いひとも愚かなひともいる。貧しいひとも金持ちもいる。地位の高いひとも低いひともいる。この雲泥の差はどうして生まれるのだろうか？」

知らなかった。福沢諭吉の確か『学問のすすめ』だと思うが、その有名な一文に続きがあったなんて。

「この世が親ガチャだからだろ？」

「この雲泥の差はどうして生まれるのだろうか？」へのオレなりの答えだ。

この世は生まれる前から不平等にできているのだ。最初からなんでも持っている家に生まれるか、何も持っていない家に生まれるか。それだけでスタート地点が全然違ってしまう。現にオレがそうだった。

かあさんは優しかったが、ひとり親だということでずいぶんと苦労したものだ。ただ、その苦労も幼馴染《おさななじみ》と共有しているうちは、そこまでつらいとは思わなかったが。

「それは、愚か者の言い訳。思考停止ってやつだよ」

参也は、高いところから見下ろすように言い放った。

「中卒ヤンキーがそのいい例さ。自分が貧しい家に生まれたからって、学校にも行かず、結局犯罪に走り、友だちを死なせた。それでも、ひとのせいにできるんだから、どんな思考回路してんの？　って話だよ」

言い返せない。家が貧しかったことは同情する話だけど、だからといってひとから奪ったり、騙《だま》し取ったりしていいわけがない。

「その通りです」

帷が手を叩《たた》いて賛同している。

「でしょ？　わかってるね、帷おねえちゃんは」

今度は管理者の帷をおねえちゃん呼び。しかし、これが年上に対するリスペクトではないことにオレはもう気づいている。「おにいちゃん」や「おねえちゃん」と呼びつつ、心の中でバカにしているのだ。

「この世は無能な奴が多すぎるんだよ」

参也は背後のモニターを振り返って言った。そこには誰も映っていない。しかし、参也が「無能な奴」の中に死んでいった五人を含んでいることは明らかだった。

「ゲームしか取り柄がないくせに、そのゲームでも何も得られず、『欲しかった、欲しかった』ってバカみたいに欲ばっかり膨らませたやつ」

創《はじめ》のことだ。

「ほんの少しひとより見た目がいいだけで調子に乗って、そのくせ誰よりも自分が太ってしまうことを恐れてた小心者」

睦美《むつみ》のことだろう。あの美貌を「ほんの少し」とは。

「自分のできの悪さを、できのいい姉と比べることで棚に上げ、欠片《かけら》も努力しなかった怠け者」

二葉《ふたば》だ。参也はいったい彼女たちの何を知っているというのだ。その悟ったような物言いにだんだん腹が立ってきた。

「見た目も中身も醜悪なくせに、どこかで自分にはセンスがあるとか思ってる下半身ですべてを考えるタイプのブタ」

正吾《しょうご》へも罵詈雑言《ばりぞうごん》をぶつける。目の前で屍《しかばね》にやられて死んだ人間に対してよくもそこまで言えるなとオレは思った。

「泣いてたじゃないか、おまえ」

オレの腕の中で震えていた参也。あのときはか弱く繊細な小学生だった。

「は？　泣く？　僕が？　ブタが一匹死んだくらいで？」

首をすくめてわざとらしいジェスチャーをする。

「笑ってたんだよ。死ぬ直前のあいつの顔を思い出してさ」

そう言った参也は、いまもまた思い出し笑いを必死で噛《か》み殺して肩を震わせていた。

「『ぎゃ～、助けて～。ママ～っ』てさ。ほんとおかしくって。笑いながら逃げたから、途中こけちゃったよ」

参也は膝を指差す。そこには絆創膏《ばんそうこう》が「×」の字に貼ってあった。ちなみに、それをしたのは帷が扮《ふん》した詩音だ。

「で、学ぶことをやめて、暴力の世界に入り、罪を犯し続けた低所得、低学歴、低脳の『三低』ヤンキー」

そう言って詩音の姿をした帷を指差した。

「死んだ五人の中でいちばん嫌いだよ、ああいうタイプが」

床に唾でも吐くんじゃないかと思えるほどに、参也は吐き捨てるように言った。

「何も持ってない底辺人間が、上の人間を逆恨みするんじゃないよ、まったく」

「おまえ、何様だよ」

怒りに震えるオレの口からやっと出てきたのはその言葉だった。

「何様？　青山参也様だよ！」

参也は両手を広げて自分を大きく見せる。

「親は都内の大病院を経営する名医」

親指から一本ずつ折っていく。

「家は渋谷区松濤《しょうとう》の大豪邸」

人差し指。

「幼稚園からエリート学園に入り」

中指。

「入学前からＩＱは百八十」

薬指。

「留学経験はすでに三カ国。五カ国語もペラペラ」

小指を折った。左手に移ろうとしたときに、オレは参也の「自慢」を遮った。

「もういい！　おまえがすごいのはもうわかった！　でも、持ってるやつが、持ってないやつをバカにするな！」

「違うよ」

オレの渾身《こんしん》の反論を、参也は冷静な声でピシャリと否定した。

「持ってない奴が、持っている人間を羨《うらや》むから、こういうことになるんだよ」

「な、なんだよ、それ。ひとが持ってるものがよく見えるのは普通のことだろ？」

違うのだろうか。少なくともオレはそう思っていた。

「親に言われなかった？　よそはよそ、うちはうち」

「そんなこと……」

ないとは言えなかった。かあさんはことあるごとに口を酸っぱくしてオレに言っていた。

——瑛人《えいと》、他人は他人。もっと、自分を見なさい。

けど、オレはずっと納得できなかった。何も持っていない自分を見たって、希望なんて湧いてこない。だから、オレはいつもひとを見てきた。

「僕だって、底辺の人間となんて絡《から》みたくなかったし、そもそも存在自体知りたくなかったさ」

参也がため息をつく。

「なのに、あいつらは、僕らの周りに群がるんだ。よだれを垂らして指を咥《くわ》えて、物欲しそうに羨ましそうにこっちを見るんだ」

憎々しげに言い放つ。

「うちに何度空き巣が入ったことか。僕が何度誘拐されそうになったか」

　どうやら金持ちということで危険な目にもあったようだ。でも、オレはかわいそうにとは思えなかった。ざまあ、という気持ちのほうが強かった。

「僕は思ったね。こっちから近づかなくても、僕が『持ってる人間』である限り、あいつらはずっと僕の人生の邪魔をしてくるんだ」

　だとしたら参也が「持ってる人間」をやめればいいのでは、とオレは思った。しかし、参也が導いた答えはその真逆だった。

「『持たざるもの』をこの世からすべて排除すればいいんだよ！」

　世紀の大発見とでも言わんばかりの声量で参也は叫んだ。すると、ここまでずっと静観していた帷が口を開く。

「最初は、『ホームレス狩り』でしたっけ？」

　帷の言葉に一瞬表情を硬くする参也。しかし、ちらりと腕時計を見ると、すぐに余裕の顔に戻る。

「ああ。バカな底辺校のやつらをネットで勧誘してホームレス狩りをさせるんだ。僕のお小遣いくらいの金で、平気で半殺しとかしちゃうんだよ。どうかしてるよね、ほんと」

「くくっ」と嬉しそうに笑う参也。何が可笑《おか》しいというのか。

「で、そのバカ校のやつらも警察に通報して逮捕。ホームレスもバカ学生も両方いなくなって、あれはスッキリしたな～」

武勇伝のように語る参也の顔に「悪気」の二文字はなかった。

「ネットを使って煽《あお》れば、バカは思いのまま。そういうことですよね？」

「ザッツ、ライト！」

帷の質問に、ネイティブな発音で返す参也。

「で、思いついたのが『自殺サイト』ですね」

「そう。犯罪や暴力で僕らからむしり取ろうとするやつらも腹が立つけど、持ってないことを勝手に悲観して『死にたい、死にたい』とか言ってるやつも、僕、大嫌いなんだよね」

「だから、自殺サイトで背中を押してあげた、と」

「そう！」

参也は指をパチンと鳴らした。

「『いっしょに死にませんか』と集団自殺を持ちかけるだけ。これだけで、本当におもしろいくらいひとって自殺するんだよ」

蟻《あり》の巣の中にホースで水を流し込む子どものように、残忍なことを無邪気に語る参也に、オレは怒りを通り越して恐怖を覚えていた。

「ひとりじゃ死ぬ勇気もない愚か者でも、何人か集めれば、みんなで死ねる愚か者になる。愚か者は所詮愚か者だけど、地球の二酸化炭素をちょっと減らすくらいは役にたったかもね」

まるで自分が神様であるかのような驕《おご》った考え。でもここで、オレは気づいた。

「その発言、傲慢の罪の自白ととっていいんだな！」

今度はオレが参也を力強く指差す番だ。しかし、参也の余裕の表情は崩れない。

「ほんと、詰めが甘いな、瑛人は。ひとのことばかり気にしてるなら、もっと僕の動きも気をつけなきゃ」

そう言って、参也は自分の腕時計をオレたちに向けた。高級そうなそのアナログ時計の短針は【12】を過ぎてしまっていた。

「え？　でも、この部屋の時計は……あっ！」

モニター画面の右上に表示されたデジタル時計はまだ【22:55】だった。しかし、オレは思い出した。正吾が自白したときのことを。

「同じ手に引っかかるなんて、ほんと、バ〜カ」

参也がモニターをいじったのはブラックアウトさせるためだけじゃなかったんだ。画面の表示も同時にいじっていた。なんて巧妙な罠《わな》を。

「ねえ、帷おねえちゃん。もうタイムアップだよね？　僕は無罪ってことでいいよね？」

「ええ、そうなりますね」

帷の答えに、「きゃはははは」と参也が子どもらしい笑い声をあげた。

「やった！　これで僕の勝利は確定した。やった！　やったぞ！」

椅子の上で飛び跳ねて喜ぶ参也を見て、オレは床に膝をついた。

「負け確《かく》か……」

次はオレが暴《あば》かれる番だ。そして、ＩＱ百八十もある天才はきっとオレの罪を暴くだろう。オレは有罪になり、そして断罪される。

「やっぱり、持ってるやつが最後に笑うんだな」

床に向かってオレはつぶやいた。

「そうとも限りませんよ」

帷の言葉に、オレははっと顔を上げる。いつの間に取り出したのか、帷は黒いマントのようなものを頭からかぶっていた。

「同じ姿がふたりいるとややこしいですからね」

帷が何を言っているのか理解できない。

「バコン！」

その瞬間だった。床のマンホールの蓋が勢いよく外れて宙を舞った。

「ぐるぁあああ！」

直後、野獣のような叫び声と共に穴の中から、何かが飛び出てきた。

「詩音!?」

さっきまで帷が着ていたはずのジャージをまとった詩音がそこにはいた。

しかし、すぐにそれが詩音ではなく、詩音「だったもの」であることに気づく。

ジャージ姿の詩音は、四つん這《ば》いで立ち、目は真っ暗な空洞になっていた。口からはよだれを垂らし、「ぐるるるる」と唸《うな》りながら、鼻をひくつかせ、においで何かを探しているようだった。

「え？　ちょっと？　ヤ、ヤンキー女は死んだんじゃなかったの？」

さすがの参也も驚きと動揺を隠せない。

「私は死んだとは一言も言ってませんよ」

「屍化」した詩音は、低い位置にある頭を上げ、オレたちを舐《な》め回すように見つめる。

いや、その目にはすでに瞳などないのだが、睨《にら》まれているのはなぜかわかった。

オレは咄嗟《とっさ》に帷の前に手を広げて立った。まるで庇うように。

「え？」

帷が驚いた声を出す。その声にオレも「え？」と無意識の行動への疑問を声に出した。

なぜオレはこんなことを。確かにちょっと前まで詩音だと思っていたが、いまは背後に立つ人間が、このゲームの管理者だと知っている。なのに、オレの身体《からだ》は無意識に動いてしまっていた。

「ぐるるるる」

虚空《こくう》の目が参也のほうを向く。詩音は、唸りながら参也のほうにゆっくりと近寄っていく。

「な、なんでこっち来るんだよ⁉ それに僕は無罪になったんだろ！ 断罪されるのはおかしいじゃないか！」

参也は椅子から降りて、背もたれのほうに回った。バリケード代わりにしようとしているのだ。

「私は裁いてませんよ。これは、詩音さんが勝手にやっていることです」

そう言って、帷は「ふふふ」と不敵に笑った。

「卑怯《ひきょう》だぞ！ 最初からルールを守るつもりなんてなかったんだな！ 最後に生き残っても帰すつもりなんてなかったんだろ！」

参也が批難の声をあげる。

「そんなことはないですよ。ゲームはゲーム。遊びはルールを守ってやらないとおもしろくないですからね」

オレたちは決してこのゲームを楽しんでなどいないが、管理者の帷はこの結末を心から喜んでいるようだった。

「さあ、早く逃げないと。あなたが愚か者と蔑《さげす》む詩音さんは、誰よりも『持っている人間』が憎くてしょうがないんですから」

「ひいっ」

飛びかかってくる詩音を間一髪でかわして、こちらへ逃げてくる参也。

「参也、早くこっちへ来《こ》い！」

オレは手を伸ばして参也を引き寄せようとした。

「がるぅうう！」

しかし、詩音のほうが一瞬早かった。背後から獣のように飛びかかってくる。

「わあ！」

詩音が参也の後ろから抱きつき、そのまま首筋にガブリと噛み付いた。

「ぎゃあ～！　助けて～！　ママぁ～」

参也が叫ぶ。そのセリフは、参也が散々バカにしていた正吾の断末魔の叫びと同じものだった。

「あ！」

オレが叫んだときには遅かった。バランスを崩した参也は、詩音と共に蓋の開いたマンホールの穴に落ちてしまった。

「ぎゃあぁあああああああ…………」

叫び声がどんどん遠くなる。やがて音がしなくなったかと思うと穴の底から「びやおおおおおおおおお！」とこの世のものとは思えない雄叫びが聞こえてきた。

「あれは地獄の鬼の歓喜の声です」

帷は冷静にそう言うと、マンホールの蓋を「ガコン」と閉めた。

「それにしても」

帷は、床を、いや、その下にあるであろう「地獄」を指差して言った。

「天はひとの上にひとはつくりませんが、ひとの下に地獄はつくるんですね」

そう言って、「ははははは」と高らかに笑った。

「あれ？　おもしろくない？　あ、そうか。瑛人、こういう冗談嫌いだったっけ？」

突如、喋り方が砕けた帷。いや、そのことよりも、オレはそのどこかで聞いたことのある声に、身体を突き抜けるような衝撃を受けていた。

「その声……、な、奈々《なな》、なのか……!?」

「やっと気づいた。もう、遅いぞ。瑛人」

黒いマントの奥で、オレの幼馴染があの頃と変わらぬ笑顔でオレに微笑みかけてきた。

「な、なんで、奈々《なな》がここに」

帷《とばり》が、いや、オレの幼馴染《おさななじみ》「天地奈々《あまちなな》」がマントのフードを外した。そこには懐かしい顔があった。

「なんでって、もう気づいてるんじゃないの？」

そう言われてオレは言葉に詰まる。そうだ。オレは奈々がこの世界、そう、地獄と隣り合わせのこの世界にいる理由に薄々気づいている。

「奈々は、中学のとき亡くなったって聞いて……それで、オレ……」

「家まで来てくれたんでしょ？　知ってるよ。それよりさ、そっくりにできてるでしょ？　セブンズズハウスに」

やはり偶然ではなかったのだ。この「ヘヴンズズハウス」が、オレのよく知る「セブンズズハウス」に似ていたのは、そこに奈々の意思があったからだった。

「サプライズズってやつ？」

「にしし」と奈々は子どもの頃みたいに笑う。いや、「みたい」ではなく実際にそうだった。オレは十七歳になったが、目の前の幼馴染は十三歳。奈々は死んだときの年齢のまま時が止まってしまっているようだった。

「瑛人《えいと》はずいぶん大人《おとな》っぽくなったね〜。もう高校生か。いいなぁ、行ってみたかったな高校」

オレはなんて返せばいいのかわからない。

「あ、あのさ……」

「ねえ、外に出ない？」

振り絞って出した言葉を遮り、奈々は監視室をさっさと出ていってしまった。

「ちょ、ちょっと待てよ」

慌てて奈々を追いかける。

「こっち、こっち！」

奈々がオレの手を掴《つか》んで駆け出した。すぐ手を繋《つな》ぐのは、昔から奈々の癖だった。

オレたちが降りてきた階段とは違う場所。広い地下のいちばん奥にある階段を目指している。おそらく南側いちばん奥の家につながる階段だ。

「ほら？　懐かしくない？」

階段を上がり、扉を出ると、そこには奈々の言う通り懐かしい光景が広がっていた。

「ああ、奈々んちだ」

「瑛人もよく遊びに来たもんね」

セブンズハウスに引っ越す前の奈々の家。オレの前の家と同じくらい狭くて古かったが、奈々のおかあさんが、毎日丁寧《ていねい》に掃除をしていて清潔感にあふれていた。

「おばさん、よくクッキー焼いてくれたっけ？」

思い出がぽろりと口からこぼれる。

「そうそう！　すっごい味うすいやつね。砂糖ケチってたんだから、うちのママ」

奈々もすぐに思い出したようだ。

「ママ、元気かな？」

奈々が死んだあと、奈々の両親についてオレは何も知らなかった。かあさんに聞いてもはぐらかされて教えてくれない。もしかして、セブンズハウスの噂《うわさ》のように、奈々の死でおかしくなってしまったのかもと思ったりもして、それ以上追及することはしなかった。

「あ、あのさ、奈々がじ、じ、じ……」

聞きたいことがあるのに。その言葉を発してしまったらそこですべてが終わってしまうような気がして、オレは口籠もってしまった。

「なんで自殺したかって？」

なのに奈々はまるで誰か別人の話をするかのように、ストレートに返してきた。

「あ、ああ」

「う〜ん、それは、最後のゲームに瑛人が勝ったら教えてあげる」

「ゲーム？」

まだ続いていたのか。参也《みつや》が地獄に落ち、オレが最後のひとりになった。その時点で「罪セブン」というゲームは終わったものだと思っていた。

「最後の罪は『嫉妬《しっと》』です」

その声に驚く。ずっと公園のスピーカーから響いてきた帷の声だったからだ。

「うまいでしょ、声マネ」

いったい誰の声マネをしてるというのだろうか。しかし、それもゲームに勝たないと教えないと奈々に言われてしまった。

「最後の罪って言われても、オレひとりじゃ、多数決も家探《やさが》しも成り立たないじゃないか」

「私がいるじゃない」

奈々はプレイヤーとしてこのゲームに参加するという。

「さあ、瑛人の罪の証拠、見つけちゃうぞ〜」

そう言うと、またもや突然駆け出して、家を出ていってしまった。

「ちょ、だから、突然走り出すなって」

それに、先に行ったって、オレの指がないと家の鍵は開かない。

「え？　なんで？」

しかし、あとから追いついてみると、オレの家の玄関は開いていた。

「まあ、これくらいは、管理者ですから」

「ふふん」と鼻を鳴らして胸を張る奈々。もしかしたら「鍵は閉めたはず」と言っていた参也の家の鍵を開けたのも奈々の「チカラ」だったのか。

「でも、幼馴染とはいえ、男子の部屋を探るのってなんだかちょっと恥ずかしいね」

「だったらやめてくれてもいいんだぞ」

少しずつ奈々のテンションに慣れてきたオレは、軽口を叩《たた》いた。

「そういうわけにはいきませんよ」

奈々はそう言うと家の中を探索しはじめた。それこそ、昔何度も遊びに来ていた勝手知ったる場所だ。どこに何があるかも把握している。

「そんなことしなくても、あのモニターで見てたんじゃないのか？」

「うん、見てたよ。でも、瑛人、何も隠さなかったでしょ」

確かに。ただ、隠さなかったわけじゃない。オレは自分の罪がなんなのかわからなかっただけだ。自覚がないから、何が証拠になるのかも見当がつかなかった。

「そういうとこだぞ」

奈々が振り返って頬を膨らませている。オレには奈々がなぜふくれっつらをしているのかがわからない。

「周りの目を気にする割に鈍感なんだから」

かあさんにもよく言われていた。台所、居間と探して、奈々はオレの部屋に入った。

「エッチな本とかないよね？」

「な、ないよ！　そんなの！」

うそだ。罪の証拠ではないと思ったが、家宅捜索される可能性を考えて、その手の本は窓から家の裏に放り投げてしまった。

「じゃあ、開けますね」

奈々は机の引き出しを開けていく。

「あった！」

下段の引き出しに入った古い携帯電話を奈々は取り出した。

「あ、それ……」

自分でも忘れていた。五年生になった頃、かあさんに「連絡用に」と渡されたお下がりの携帯電話。奈々にも当時何度も自慢したのを思い出す。

「暗証番号は、七、八、七、八っと」

「よく覚えてたな、そんなの」

オレ自身忘れていた。この四桁を知っているのは、当時かあさんと奈々だけだった。

「だって、私が考えてあげたんじゃん」

「そうだったっけ？」

オレにとって小学生時代なんて遠い昔で、記憶だってかなり曖昧《あいまい》だ。

「私にとっては昨日のことくらい最近ですからね」

ツッコんでいいのかわからなかった。とりあえず適当な相槌《あいづち》だけ打っておいた。

「これで『いじめ掲示板』に書き込んでたんだよね」

「いじめ掲示板」。すっかり忘れていたワードが出てきて、オレはぎょっとする。

「あの頃、流行《はや》ってたんでしょ？　裏サイトってやつ」

そうだ。確かに流行っていた。学校ごとにある「裏」の掲示板。先生の悪口やテストの予想問題、他にも誰と誰が付き合ってるみたいなゴシップ情報もそこには載っていた。

「誰が始めたかわからないけど、『いじめ掲示板』ってスレが立ったんだよね？」

「スレ」それ自体が懐かしい響きだ。しかし、当時奈々はこの掲示板を知らなかった。オレも教えなかった。「いじめ掲示板」は、いじめたい誰かの名前を書いて、みんなで「妄想」でいじめを繰り広げるという、たちの悪い遊びだった。しかし、小学生の頃のオレたちにとっては、実際にいじめるわけじゃないし、いいストレス発散になっていた。

「ある日、そこに誰かが私の名前を書いたんだ」

奈々が語り始める。オレは何も言わない。

「【天地奈々には父親がいない】ここまでは、クラスメートもみんな知ってるけどね」

奈々はずっと携帯の画面を見ている。オレは何も言わない。

「【天地奈々の父親は自殺した】これは、私とママともうひとりしか知らない秘密」

そのときやっと奈々は顔を上げ、こちらを見た。オレは何も言えない。

「瑛人だよね、これ書き込んだの？」

「なんのことだ？」ととぼけることもできた。昔のことだ。しかし、奈々にじっと見つめられてオレは「そうだ」と認めた。

「なんで、そんなことしたの？」

「なんで？」

なんでだろう。思い出せない。いや、思い出したくなかっただけかもしれない。

奈々との再会でオレの記憶の奥の古い扉が、錆《さ》びついた音を立てながらも少しずつ開いていくのがわかる。

「オレ、羨《うらや》ましかったんだ、おまえのことが」

あの頃の感情がするりと口から出てきた。

「オレと同じ母親だけの家だったのに」

「うん、そうだね」

奈々が相槌を打つ。

「オレと同じで貧乏な家の子だったのに」

「うん。お金はあまりなかったね」

「奈々のおばさん、急に再婚するとか言い出して」

「私も最初は驚いたよ」

「すっごい金持ちだって言うしさ」

「うん、それも驚いた」

「家も、しかも、一戸建ての豪邸を建てるって自慢されて」

「自慢はしてない。いや、自慢に聞こえたのかな？」

「引っ越しちゃうと会えなくなるし」

「私も寂しかったよ」

「だから、羨ましくて、悔しくて、オレ、つい、あの掲示板に奈々の名前を……」

「……そうか」

オレの「自白」が終わると、しばし沈黙が続いた。それを破ったのは、やはり奈々のほうだった。

「あの掲示板の内容をね、親に言った子がいたのね」

奈々の口からオレの知らない情報が伝えられる。

「大人たちの間でもおもしろおかしく話題にされて、ママ、ずいぶんつらい思いしたみたい」

オレの書いた掲示板でおばさんがそんな目に遭っていたなんて知らなかった。

「でもいちばんショックだったのは、親友だと思ってた瑛人のおかあさんに、『夫が自殺したおかげで金持ち捕まえられてよかったね』って言われたことだって」

その告白をすぐには信じられなかった。かあさんがそんなことを、まさか。

「そう、ママの遺書に書いてあった」

「遺書?」

思わず聞き返してしまう。

「うん。新しい家に引っ越した翌日、ママ、階段からロープで首を吊《つ》ってた」

淡々と当時の状況を語る奈々の顔をオレはまともに見られなかった。

「次におかしくなったのはパパだった」

セブンズハウスの噂はここから出たのだとオレは悟った。オレが「あのひと」と呼んでいた奈々の新しい父親は本当におばさんのことを愛していたのだ。最愛のひとを失ったショックでおかしくなってしまった「あのひと」は、奈々とおばさんを重ねるようになった。

「何度も病院行こうって言ったんだけどね」

諦めの声が奈々の口から漏れる。

「抱きしめてきたかと思うと殴られて。褒められたかと思うと罵倒されて。そんなパパを見てたら私までつらくなっちゃって」

その後のことは、オレも知っていた。

オレの幼馴染、天地奈々は十三歳で、自ら命を絶った。

「覚えてる？　最後に会ったときのこと」

いまなら思い出せる。そうだ。奈々が引っ越してから疎遠になっていたが、中学に上がってすぐの頃、奈々がオレに会いにきたのだ。

「あのとき、私、『いじめ掲示板』の話、聞いたよね？」

そうだったろうか。いや、そうだった。

涙を流す奈々の顔が鮮明に浮かびあがる。どうしてずっとこのことを忘れていたのだろうか。いや、自分で封じ込めていたんだ。思い出さないように。ずっとずっと心の奥底に沈めて。

「そのときなんて答えたか、覚えてる？」

覚えてる。でも、いまのオレはそれを口にすることができなかった。

「『泣くなよ、たかが遊びだろ?』そう言ったんだよ」

奈々は笑っていた。その笑顔を、オレは直視できるはずもなかった。

「公園、行こうか」

黙っていると、奈々がオレの手を引いて家の外に出た。

オレの断罪はいつどんなカタチで始まるのだろうか。オレはこの期に及んで奈々への懺悔《ざんげ》やあのときの後悔よりも、自分の身に起こるであろう恐怖で頭がいっぱいになっていた。

「ごぐるぁぁあああああああ」

空の上から恐ろしい声が降ってきた。見上げると赤紫色の空に裂け目ができている。

そこから、ものすごく大きい骨の腕が伸びてきた。

(ああ、あの手で握りつぶされてぐちゃりってことかな)

オレは自分の死に様を覚悟して目を瞑《つぶ》った。

しかし、次に目を開けると、その手はオレではなく、奈々を掴んでいた。

その手は確かにオレを目掛けて降りてきていたはずだ。しかし、その間に奈々が割って入ったのだ。

「奈々!? なんで!?」

骨の手の中の奈々は「わかんない。なんでかな」と複雑な表情をしていた。

「瑛人、私ね、自殺してから『罪セブン』ってゲームに参加したんだ」

「は？　なんだよ、いきなり。それにおまえもゲーム？　どういうことだ？」

そんなことが聞きたかったわけではない。しかし、奈々は話を続ける。

「自殺っていう『大罪』を犯した七人が生き残りを賭けて勝負するの。で、私はそのときの勝利者」

巨大な手も、奈々の話を聞いてるかのように、ぴくりとも動かなくなった。

「そのときいっしょにゲームで闘った相手が、今回呼ばれたひとたちのせいで自殺した女の子たちだった」

今回の七人は偶然選ばれたわけじゃなかった。奈々が参加した「罪セブン」とオレが参加した「罪セブン」は「因果」でつながっていたんだ。

「私は確かに勝ったけど、約束したんだ。『私はみんなの代わりに復讐《ふくしゅう》してやるよ』って」

そこまで話すと、奈々は骨の指の隙間からすっと右手を出した。小指を立てた状態で。

「瑛人、こっち来て」

「え？」

意味もわからずオレはとりあえず奈々の元に寄った。

「小指出して」

オレが小指を差し出すと、そこに奈々も小指を絡《から》めた。

「最初は私も瑛人に復讐するつもりだったんだ」

幼馴染の口からはっきりとそう言われ、絡めた小指と心がキリキリと痛む。

「相変わらず他人の目ばっかり気にして、大切なことにちっとも気づいてないし」

今度は耳が痛い。こんな状況の奈々に説教されるなんて。

「……でも、青山参也《あおやまみつや》を助けようとしたり、泉下詩音《いずみしたしおん》のことを守ろうとしたり。『他人のこと』も考えられるようになったんだなって」

「他人の目を気にする」のと「他人のことを考える」。似ているようで全然違うと奈々は言った。

「瑛人はまだ変われるんだって思ったんだ」

奈々がきゅっと小指に力を込めた。ゆっくりとその絡めた小指を上下に揺らす。

「瑛人は幸せになってね。約束だよ」

「なんだよ、それ……」

「私は、あのときの約束守れなかったから」

オレの頭の中に幼い頃、ふたりで交わした「ゆびきり」が思い出される。確かあのときはお互いの幸せを願って小指を切ったんだ。

奈々の小指の揺れが大きくなる。ダメだ。ここで小指を切ったら、すべてが終わってしまう。そんな気がして、オレは必死で抵抗した。しかし、奈々の小指はますます揺れを大きくする。

「ゆびきりげんまんうそついたら……」

そこまで奈々が口ずさんだ瞬間、骨の腕がぐおんと空に戻っていく。さっきまであんなに強く絡まっていたふたりの小指があっさりと引き離されてしまう。

「待ってくれ！　奈々を連れていかないでくれ！」

オレは必死で叫んだ。目からは涙が出て止まらない。

「奈々！　奈々！　奈々！」

「泣かないでよ、たかがゲームでしょ」

奈々は笑っていた。オレが過去に放ったひどい発言の仕返しだろうか。しかし、奈々の言葉にはまだ続きがあった。

「そう、こんなのたかがゲーム。泣くのは本当につらいときだけにしてね」

奈々の声がどんどん遠くなる。

「瑛人、生きてね。生きて、幸せになってね」

最後に奈々はそう残すと、空の裂け目の中に腕と共に消えていってしまった。

直後、まだ日没の時間ではないはずだが、空が真っ暗になった。いつもは灯《とも》るはずの街灯もつかない。闇夜だ。

一筋の光も見えない闇の中で、オレはいつの間にか気を失っていた。

「う、うう。……ここは……！」

目が覚めると、オレはベッドの上だった。

ヘヴンズハウスのあの家でもなければ、昔の古いアパートでもない。いま現在オレがかあさんと住んでいる家のオレの部屋のベッドだ。

「戻って……きたのか？」

オレは手足を確認した。骨にはなっていない。

「瑛人、起きたの〜？」

階下でかあさんの声がする。その声が無性に愛《いと》おしく感じる。

オレはベッドを出て慌てて階段を降りる。途中転びそうになるが、必死で立て直した。

「大丈夫？　すごい音がしたけど」

心配そうなかあさんの顔。ああ、オレは戻ってきたんだ。生きて現実世界に。

——幸せになってね。

奈々が遺《のこ》した最後の約束が、オレの頭の中で何度も繰り返されていた。

これで救われる

I can't go
back the same way.
Finally, smile
and laugh at me again.

春がきた。

別に彼女ができたとかそんなのじゃない。ただ、季節が巡ったことを事実として表現しただけだ。

現にオレの日常は「春」なんて朗らかな季節で言い表すことなどできるはずもない。

オレが「罪セブン」という恐ろしいゲームに生き残って現実世界に戻ってきた直後、「あいつ」が正式に、いや、戸籍上というだけだが、オレの父親になった。ながらく「事実婚」という関係にあったふたりだが、かあさんが「あいつ」の条件を呑《の》むことでついに再婚が成立した。

その条件とは、「瑛人《えいと》を甘やかさないこと」だった。

ふざけんな。オレは甘やかされてなんていない。むしろ、周りのやつらより、我慢して苦労して生きてきたつもりだ。そんなオレを「あいつ」は甘えてると言った。

——いい加減、学校に行け！

春休みが終わる直前、オレは「あいつ」に怒鳴られて殴られた。もうかあさんはオレを庇《かば》ってくれなかった。しかも正式に「家族」になってしまった「あいつ」は前みたいに通いで家に来るわけじゃない。毎日、ひとつ屋根の下にいるのだ。

オレは半ば追い出されるように、学校に行くことになった。

オレは祈った。二年生のときとクラスのメンバーが変わってますように、と。しかし、その祈りは神様には届かなかったらしい。三年生の教室には去年とほぼ変わらぬ顔ぶれが待っていた。

みな、オレの顔を見て一瞬驚いたが、すぐに嫌らしい笑みに変わった。

「瑛人ぉー。待ってたんだぜ〜」

そう言って馴《な》れ馴《な》れしくオレの肩を抱いてきたのは、このクラスのカースト頂点様だ。親が政治家で、成績優秀。教師には優等生で通っている。参也《みつや》があのまま成長したらきっとこんなタイプだったろうとオレは思った。

「へへ。ずっと休んでてごめん」

オレは媚《こ》びるように情けない声で「傲慢」に謝った。

「そうだぜ、瑛人。おまえがいなくて、ヒマだったんだから、よっ！」

そう言って、オレの脇腹にパンチを喰《く》らわせてきたのは、クラスの不良。兄貴が半グレ集団に属していることを自慢するようなやつだ。

「ぐふっ。す、すごいパンチ。MMAのプロになれるんじゃない？」

最近流行《はや》ってる総合格闘技の名前を出して「憤怒《ふんぬ》」の機嫌をとるオレ。

「瑛人。はい、これ。お釣りはあげる」

無理やりオレの手に百円玉を握らせたのは、「痩せの大食い」を体現しているクラス一のイケメンくん。二年生のときは毎日こいつに購買のパンを買いに走らされていた。しかも、絶対に足りない額しかくれないのだ。

「まだ、いちごクリームメロンパン推しでいいの？」

「暴食」の好みをいまだに覚えている自分が情けなかった。

「あれ？　オレには？　オレには買ってくんねーの？　もちろん瑛人の奢《おご》りだけど」

ギャハハと下品に笑っているのは、自称「eスポーツマン」のお調子者。「おまえのものは俺のもの。俺のものは俺のもの」を信条とする、昔のガキ大将的キャラだ。

「ごめんよ、今日はあんまり持ってきてなくて」

そう言い終わる前に、「強欲」はオレの鞄《かばん》の中を勝手に漁《あさ》っている。

「ちょっと。あたしらのおもちゃ、とらないでくれる」

オレを囲んでいた男子たちを押し分けて入ってきたのは、クラスのギャル。パパ活がバレて停学になっていたが、オレが休んでいる間に復帰したらしい。

「瑛人の写真、その界隈《かいわい》で売れるんだよね。また撮らせてよ」

「いや、オレなんかの写真がそんな価値あるなんて、びっくりだよね。はは」

「色欲」に対して乾いた笑いしか出てこない。オレの脳裏に、女子トイレで囲まれて裸にされた忌《い》まわしい過去が蘇《よみがえ》る。

「お〜い、席つけぇ。ホームルーム始めんぞ〜」

白衣をだらしなく羽織った担任が教室に入ってきた。

「お、なんだ君塚《きみづか》。ほんとに来たのか？」

事前にかあさんから「新学期からは行きます」と伝えてあったはずだが、こいつのめんどくさがりはいまも変わってないらしい。

「は、はい。今年は、が、がんばって学校に来ますので」

元はと言えば、クラスの現状に気づいてるくせに、なんの対応もせずに放置しているこの「怠惰」のせいなのに。オレは下を向いて唇を噛《か》んだ。

結局、登校初日から、殴られ、蹴られ、詰《なじ》られ、パシらされ、裸にされ、最後には教師にまで笑われた。

「だから行きたくなかったんだ」

帰り道。足を引きずりながら歩く。「憤怒」に関節技をかけられたときに痛めたのだ。

「ただいま」

いまでもうっかり鍵穴に人差し指を差し込もうとしてしまう。ここはヘヴンズハウスではないのに。

「どうだった、学校は？　行ってよかっただろう。なあ！」

晩飯のとき、「あいつ」はそう言って無神経にオレの肩をバンバンと叩《たた》いた。

「う、うん」

そう答えるしかなかった。肩も殴られて痣《あざ》ができてるから触られるだけで激痛が走る。

「男は甘やかしちゃだめなんだ。言った通りだったろ」

「そうね。あなたの言う通りだったわ」

再婚してから、かあさんはますます「あいつ」の言いなりだった。一度、それを指摘したことがあった。

――もう、あんなみじめな生活には戻りたくないの！　奈々《なな》ちゃんとこみたいに、うちも幸せになるのよ！

そう叫んだときのかあさんの目は正気じゃなかった。

奈々のおばさんがどうなったか知らないはずがない。知らないふりをしているのか。それとも本当に忘れてしまったのか。どちらにせよ、もうかあさんには何を言ってもダメだとオレは諦めた。

自分の部屋に戻る。

「学校も地獄。家も地獄。まさにこれが生き地獄か……」

オレの目の前で本当の地獄に連れていかれた奈々。なぜ、奈々ではなくオレを連れていってくれなかったのか。そうすれば、すべてが丸く収まったのに。

充電していたスマホを手に取る。

「タ、タ、タ、タ……」

オレは検索窓に二文字を打ちこんで「虫メガネ」のマークをタップした。

【自殺】

ずらりと検索結果が並ぶ。この中のどこかに参也《みつや》がつくった「集団自殺」のサイトがあるかと思うとぞくりと背筋《せすじ》が寒くなった。

——幸せになってね。

奈々と最後に交わした約束が蘇る。オレは右手の小指をそっと見つめた。

『ゆびきりげんまんうそついたら……』

どこかで奈々の声がした気がした。

「タ、タ、タ、タ……」

オレは【殺】の字だけを消して、違う一文字を打ち込んだ。

【自活】

親にも学校にも頼らず生きていく方法をオレは探した。

「奈々、オレ、きっとこの地獄も抜け出してみせるよ」

そう。このまま生きるシカバネになんてなってやるもんか。

もう泣かない。こんな生きてくだけの人生ゲームで泣いてるひまなんてないのだから。

「ゆびきりげんまん、うそついたら……」

「……今度こそ地獄行きだからね」

あとがき

I can't go
back the same way.
Finally, smile
and laugh at me again.

都市伝説だと思ってました。ＳＮＳのＤＭで執筆のご依頼がくるなんて。

そのＤＭがきたのは、ボクが『ウンメイト』という小説でデビューしてちょうど七周年を迎えた直後でした。最初は迷惑系かと思ってブロックしてたんです。笑
けど、文面読んで、これはガチなやつだと慌ててご返信。

ご依頼の内容は「音楽を小説にしてほしい」というもの。

「Ｙ●ＡＳ●ＢＩの逆パターン？」

思わずそう返してしまいましたが、原案となる楽曲『シカバネーゼ』を聴いた瞬間の衝撃といったら。小説家なのに、語彙を失ってしまうくらいの感動がありました。

「ぜひこの世界を小説にさせてください！」

五秒後にはそう懇願していたのを覚えています。

この『シカバネーゼ』。ノベライズの前にコミカライズが進行していたのですが、そちらのテーマは「自殺者たちに与えられた罪と罰」。

ボクが考えたのは「自殺は罪。でも、悪いのは自殺者だけか？」というもの。「自殺」という最悪の選択をさせてしまった最悪の「加害者」たちがこの物語の登場人物です。ただ、この登場人物は一見どこにでもいそうなひとたち。

誰しもが「自殺者」にも「加害者」にもなりうる危険をはらんだこの世界で、希望と勇気をもって生きてほしいという願いを込めました。

なんて言うとものすごく上から目線で偉そうですね。そうなんです。ボク、時々「傲慢」なことがあって。

しかも、いい歳してあれも欲しいこれも欲しいと「強欲」だし、作家仲間が新作刊行するたびに羨《うらや》ましくて仕方ない「嫉妬《しっと》」持ちだし。

キレることもしばしばの「憤怒《ふんぬ》」で、できれば毎日昼まで寝ていたい「怠惰」な性格で、でも食べることは大好きな「暴食」です。あ、「色欲」は薄いかも。笑

「七つの大罪」のほとんどを体現しているような人間が書いた小説ですが、作者のことを抜きにしたら、絶対楽しめる作品にできたと思っています。

え？　うそじゃないですよ。本当です！　約束します。ゆびきりしてもいいですよ。

「ゆびきりげんまん、うそついたら……」

あ、次の小説も一迅社で書かせてもらいます。

約束ですよ、S川さん（DMをくれた担当さん）。笑

シカバネーゼ ～罪と罰～

2024年2月1日 初版発行

著　　者　百舌涼一
担当編集　佐川将大
発 行 者　野内雅宏
発 行 所　株式会社一迅社
〒160-0022
東京都新宿区新宿3-1-13
京王新宿追分ビル5F
株式会社一迅社
電話:03-5312-6131(編集部)
電話:03-5312-6150(販売部)

発売元:株式会社講談社
(講談社・一迅社)

印刷・製本　大日本印刷株式会社
D T P　株式会社KPSプロダクツ
装　　幀　AFTERGLOW

HOWL Novels

ISBN 978-4-7580-2608-6

Format design:Kumi Ando(Norito Inoue Design Office)